小夏を探す旅

川上 夏子

はじめに

私の二度目の妊娠生活は、初期出血[※1]からはじまりました。

最初の妊娠で繋留流産[※2]しているので、ひとときも不安が消えません。妊娠を継続させる投薬[※3]を受けてはちょっと安心し、出血して落ち込む。病院に行って「特に問題ないですよ」と言われるけど、また出血して不安になる……その繰り返しでした。

出血の原因はわからないままでしたが、妊娠19週で子宮頸管無力症[※4]と診断されました。それまでは経腹超音波検査[※5]で診察をしていたのですが、私が何度も出血を訴えるので、経膣超音波検査[※6]に切り替えたところ、子宮頸管長が25ミリになっていたのが発覚したのです。ただでさえ気持ちが休まらないところに、聞いたことのない病名。ショックでした。その頃かなり仕事をしていたので、それが悪かったのかと落ち込みました。

すぐに頸管を糸で縛る手術を受けることになりました。部分麻酔ですが、胎児への影響[※7]も気になります。先生は、

「特に珍しい症状ではなく、うちでもよくやっている手術だから心配しなくていいからね」

とおっしゃいました。

実際、手術はうまくいったのだと思います。術後1週間入院しました。退院してからは仕事を減らし、できるだけ大人しくしていました。出血は手術以降おさまりました。

妊娠9カ月、33週の終わりに突然出血しました。量も結構多かったです。すぐに産院に行きました。出血はおしるしのようなもので、もう産まれてくるかもしれない状態だという診断でした。できればあと2週間待って正期産[※8]になってからの出産が理想です。

早産防止のため絶対安静、即日入院となりました。

もくじ

1章 その瞬間のこと。

夫がいつもの心配顔で私をのぞきこんだ

子宮頸管を縛る手術で入院したのは5月の連休で、今度は8月のお盆前。テレビでは、やはり帰省ラッシュの予測を報じていた。3カ月ぶりの産院は勝手知ったる我が家のようで、猛暑の勢いも届かない快適な病室ですっかりくつろいでいた。

実際、入院したことで少し安心したというのが正直なところだった。毎日ノンストレステスト[※9]や超音波検査で赤ん坊の心音が聞けるし、先生も看護師さんも同じ屋根の下にいる。何かあってももう大丈夫だ。

私の両親が来たので心音を聞いてもらった。もうすぐ臨月だ。外ではアヒルが鳴いていた。産院の隣に保育園があって、そこで飼われているようだ。ガア、ガア、ガア。

「あともう少しやね。もう少しで産まれるね」

夫と母と父と、おだやかな昼下がり。

妊娠中にはよくあることのようだが、毎朝4時には目が覚める。しかし入院してからは起床は7時。暗闇の中、つまらないことを考えてしまう。「無事に生むことができるだろうか」「また何か起こるんじゃないだろうか」「お腹の子どもが信じられないのか」「これから子育てをするのにそれでやっていけるのか」「私がこんな不安な状態ではお腹の子どもに悪影響があるんじゃないか」……。毎朝毎朝、明け方の堂々巡り。おかしくなりそうだった。

入院して3日目の朝のことだった。暗闇の中、ゆっくりと目を開けた。なぜか唐突に、もやもやが全て、ふっと消えた。

「やっていける。大丈夫だ。やっていける」

そうだ。私は筋金入りの楽天家なのだ。いつも根拠なく前向きで無駄に自信家。悪いことは起こらない。もう私に悪いことは起こらない。

まだ夜明けの兆候はない。イヤホンをつけてラジオを聴いた。

その日朝一番の検診では、心音を聞くのに時間がかかった。臍帯※10の音の方が大きくて心許なかったけれど、なんとか聞こえた。そういうことは今までもあった。

「産まれそうな位置に降りてきてるねえ」

ベテランの看護師さんが言った。

朝食はクロワッサン、スクランブルエッグにサラダ。パンは部屋にあるトースターで各自あたためる。同室の女性は無愛想な人だったが、この日、初めて話しかけられた。

「そのトースター、ちょっとで結構あったまりますよ」

「あ、そうなんですね」

知っている。こっちだってこの病院には詳しいのだ。でも低くていい声の女性で、うれしくなった。そもそも私だって愛想のいい方ではない。

食事には25分はかける。安静を強いられている1日の長い長い時間をやり過ごすための自分なりのちょっとしたコツだ。その頃の私は、毎日きちんと過ごすこと、「おりこうさんにしていること」を、無事に出産の日を迎える切り札のように思っていた。看護師さんや病院のスタッフの方にも丁寧に接した。その先にお産のゴールがあるのだ。

朝から病室のテレビの調子が悪かったので、看護師さんが空き部屋のテレビと交換してくれた。それでもテレビはつかない。

「すみませんね。退屈ですよね。修理の方が昼頃には来られますからね」

とても気が利く。でも私は、そのテレビが修理されるところを見ることはなかった。

11時に検診があった。そろそろ夫が来る頃だがまだ来ない。看護師さんが、しばらくお腹にドップラー[※11]をあてていた。若いけどしっかりした看護師さんだ。

「今日はなかなか心音が聞こえないなぁ」

そう思ったとき、ふとお腹の冷たさが気になった。冷房で冷えているのだろうか。看護師さんは長い間お腹の上に覆いかぶさるようにして心音を探っていたが、さっと身を翻すようにして部屋を出て行った。ほどなくしてやってきた少し年輩の看護師さんの判断は早かった。

「先生に診察してもらいましょう」

私は嬉しくなった。今日は日曜で診察はない。しかし先生に診てもらえるということは、赤ん坊のエコー画像[※12]が見られる。のんきに尋ねる。

「診察ならトイレに行っておいた方がいいですか?」

「……いや、できれば後でいいですか」

看護師さんは小さくて鋭い声で言った。あとから思い起こすと、看護師さんは混乱していたのだと思う。なんだか不自然に下を向いたままなのだが、私の背中に添えた手に「早く」という力がこもっていた。

この辺りから記憶が断片的になってくる。

いつも赤ん坊の様子を見るエコー画面がある。まず「どくどくどく」という瞬きが映し出される。心臓だ。そこに血流があり動いていることを確認する。それから足や手や顔つき、背骨などを確認しそれを家庭用のビデオに録画してくれる。日々感じられる胎動もうれしいものだが、映像で赤ん坊の動きや成長を確認できるのは格別だ。

しかしその日そこには、心臓の形自体が確認できなかった。

「動いてないね」

私の肩の辺りに手を当てている看護師さんが固まっていた。

「ほら、ここ。真っ白だ。心臓が動かないから影が映らない。こういうことは5カ月でも9カ月でも起こるんだよ」

そう言われても困る。だからなんだというのだ。それで？　どうするんですか？　どうすれば動くんですか？　なにか方法があるんですよね？　赤ん坊は助かりますよね？

方法はなかった。終わっていた。

気がつくと私は先生の机の前の診察椅子に座っていた。机の端っこに肘をついて頭を両手で抱えていた。とにかく頭が重たかった。鉛を抱えているようだった。私はそのまま耳を塞ぐような格好で顔を伏せ、机のカバーに挟んであった「妊娠の仕組み」みたいな図説の切り抜きを凝視していた。先生は私に何か説明をしていたけれど、先生の話を聞くことも、顔を見ることもできなかった。

やっぱり、不安は的中したんだ。全部なにかの予感だったんだ。私は安心なんかしてはいけなかったんだ。

ぼんやりと、最初の妊娠のときにもここで同じように流産の宣告を受けたことを思

い出していた。あのときも、先生の口から有効な救済策が高らかに発表されないことに憮然としていた。「妊娠の仕組み」の切り抜きは同じ場所に貼られていた。

「ご家族に連絡しますね。病室に戻るのはいやですよね……」

　看護師さんが言った。私は微かにうなずいた。

　ナースステーションの奥のベッドに寝かされた。カーテンレールのすぐ下20センチくらいが網目状に織られていて、その部分をじっと見ていた。看護師さんが夫に電話をしている。看護師さんは肝心なことを言わずにいる。

「とにかく来てください。……いえ、お産ではありません。ハイ、いえ……」

　夫はすぐに病院に来た。私はなんとか空気のような音を出した。

「だめやった」

「なんで?」

　私は腕で自分の顔を覆い、わずかに首をふった。横になっていた私をのぞきこんだ夫の顔には影がかかっていて、あまりよく見えなかったけど、私の夫の、いつもの心配顔だった。赤いTシャツを着ていた。朝遅めに起きてシャワーを浴びたところに電話があり、とるものとりあえず駆けつけたのだろう。夫のよく乾いていない髪が、急いで来たせいで風を含んで総毛立ち、即席のアフロのようになっていた。

夫の髪を立たせた夏の風に、病院の外の、平和で明るい世界を思った。外に出たいなあと思った。今すぐここから出たいなあと思った。

どこかに行ってしまいたいなあと思った。どこでもいいから。

1997年結婚。30過ぎて子作り開始。な〜んも考えてないのんきな2人。
2006年7月、32才でわりとすぐに妊娠。
一カ月後流産。このときはひとりで泣いていたよーな記憶……。
2007年1月、二度目の妊娠。このときもすんなりと再妊(?)したイメージだった。
MATERNITY
はじめての母子手帳ももらった
仕事は自宅でグラフィックデザイン。基本は座り仕事だが
取材や撮影もたまにやっていた
脚立
2007年8月、死産。
うそだろ…?
夫、アフロで
風
産院へ。
夫が来るまでの間じっと見ていたのはこのアミアミのところ

2章 転院。

ひどいところから、また別のひどいところへ今すぐ家に帰りたかった。だって赤ん坊は死んだのだ。ここにいても仕方ない。家に帰って、夫と2人の懐かしい暮らしに戻りたかった。

でも絶対にどこにも行けないこともわかっていた。どうするのかは知らないけれど、とにかくお腹の外に赤ん坊を出さなければならない。働かない頭でもそのことだけはわかっていた。私はどこにも行けないのだ。だって赤ん坊は死んだのだ。

点滴を外された。早産防止の薬剤が入った点滴だ。入院中、四六時中つけていたものだ。刺しっぱなしの針は痛いし、寝るときには管がじゃまになって寝返りにも気を遣っていた。でももう必要ない。だって赤ん坊は死んだのだ。

空き部屋に移され、すぐにまた移動した。トイレのついた個室だ。レトロゴシックの壁紙。フリルのついたランプシェード。カーテンは重く引かれ、部屋は薄暗い。先生と夫と私。突然入室したのでクーラーも効いていない。狭くて暑い。趣味に合わない内装が息苦しい。今すぐ家に帰りたい。

だって赤ん坊は死んだのだ。

夫が盛んに先生に何かを尋ね、先生が夫に何かを説明している。ぼんやりした頭で聞くともなく聞いている。

原因はわからないんです。でも心臓は完全に止まっています。はい、転院ですね。ここには大量出血の備えがありません。救急指定の病院を探しているんですが、お盆でどこも受け入れられる状態ではなくて。（看護師さんが来て先生に耳打ち）あ、いや、N病院（救急指定の大きな病院）が空いているようですね。そこで普通に産みましょう。はい。いえ、陣痛を起こして通常分娩です。

……なんで？　帝王切開とかでやってくんないかな。私帰りたいんですけど。ここ、不快なんですけど。思っているけど声が出ない。

処置室に移動した。頸管を縛っている糸を抜くためだ。糸が抜ける感触が気持ち悪くてとても痛かった。なぜこんな目に遭わなければならないのか。そして来るべき陣痛の恐怖が頭をもたげてくる。どれもこれも幸せな痛みになるはずだった。

個室に戻るとすぐ救急車のサイレンが聞こえてきた。看護師さんや救急隊員が手篤く担架で私を運ぶ。何度も何度も血圧を測られる。先生と看護師さんも乗り込んで、私のベッドが振動で動かないように手で押さえている。夫も乗ったようだ。

「大丈夫ですか、大丈夫ですか!」

救急隊員が何度も何度も私に問う。

いやいやいや。大丈夫デスヨ。ハイ。全然大丈夫です。痛いところもないし、てか別に普通に歩けるし。もはや早産の恐れもないわけですから走って行ってもいいくらいですよ。今までとにかく動かないようにって言われてじっとしっぱなしの日々でしたからね。N病院ならここからバスでも行けますよ。

でもそんなに何度も「大丈夫ですか」って聞いてくれるなら言ってもいいですか。全然ね、大丈夫じゃないんですよ。あのー。気持ちがね。笑っちゃうくらい。ハハハ。ハハハハハハ。

救急車の乗り心地は最悪だった。少し車酔いした。交差点でぐっと減速しながら「救急車が通ります救急車が通ります」と拡声している。誰もが見たことのある日常の風景だ。しかし今日私はその救急車の中に乗っている。おかしい。コントみたいだ。非現実は笑いをもたらすものなんだ。ハハハ。

N病院の急患センターに到着したらまた担架だ。移動しながら産院の先生がN病院の先生に申し送りをしている。その横で担当看護師だという人が私に話しかけてきた。この人の眉毛がびっくりするくらいのハの字になっていて驚いた。とにかく申し訳なさそうなのだ。そうか。私は今、ものすごくかわいそうな人なのだ。お気の毒、なのだ。命がひとつ亡くなったのだ。

そしてやっぱりN病院の診察室もひどいところだった。狭いし、着替えにくいし、なんだかやけに奥まっているし、年季が入っているし、診察の時間もひどくかかるし。大丈夫か、この病院。なんなんだ一体。

先生。先生。赤ん坊は本当に死んでしまったんですか。

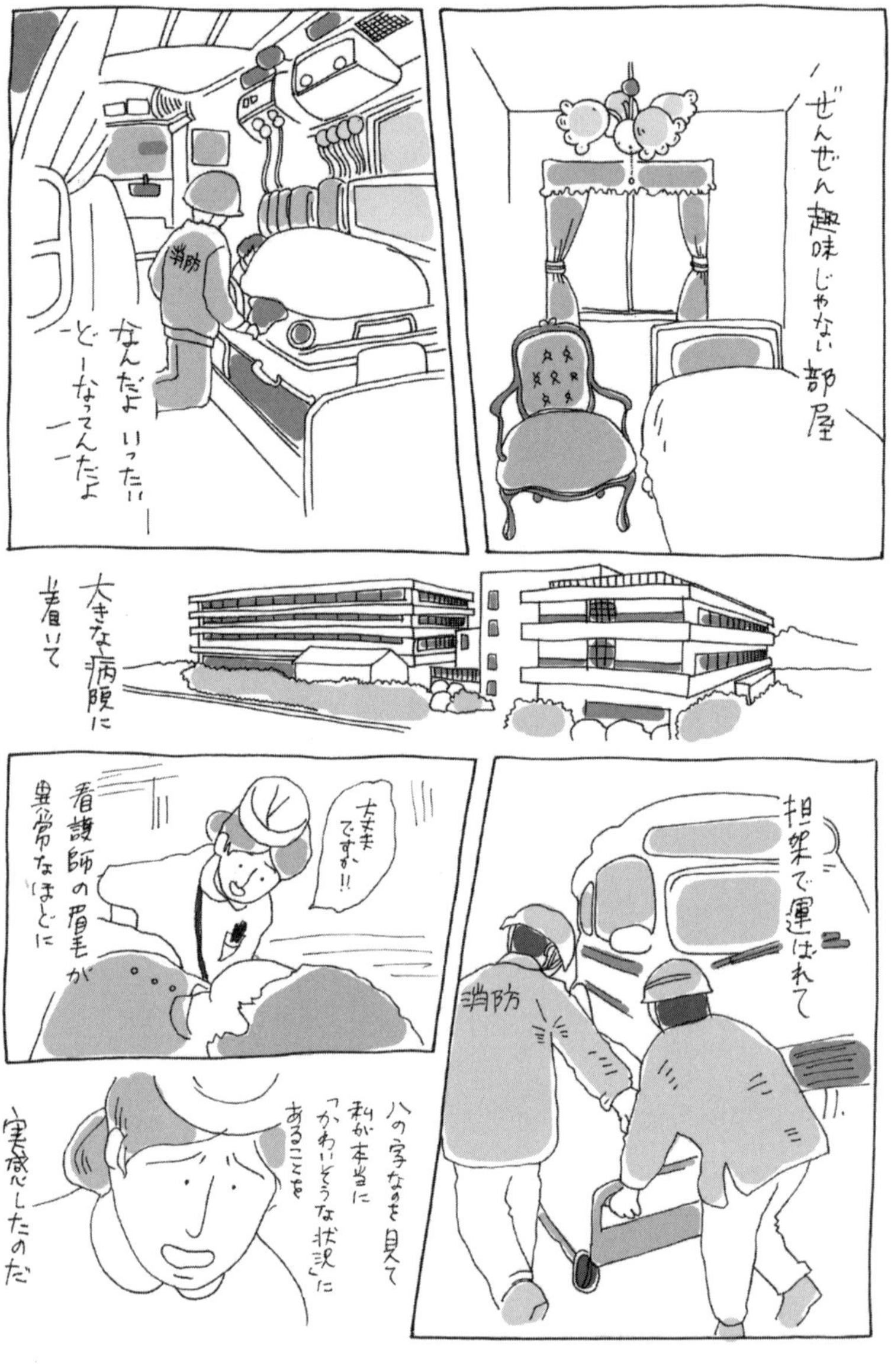
ぜんぜん趣味じゃない部屋
なんだよ いったい!!
どーなってんだよ
大きな病院に着いて
担架で運ばれて
大丈夫ですよ!!
看護師の眉毛が
異常なほどに
消防
八の字なのを見て
私が本当に
「かわいそうな状況」に
あることを
実感したのだ

3章 産まれる。

世界の果て

病室に落ち着いたのは昼頃だった。まずは自然な陣痛を待つ。先生によると、人間の体には異物を外に出す作用があるのだという。9カ月間大切にあたためてきた命はもはや異物と呼ばれるようなものになったらしい。様子を見てバルーン[※13]を入れて、それでも動きがなければ明日の朝、陣痛促進剤を打つ。

Ｎ病院の産婦人科病棟はそれらしい内装になっていた。ベージュの壁紙にブラウンを基調にしたかわいい動物たちの絵が踊っている。私の部屋は一番端っこの個室、壁は真っ白で動物は踊っていない。

世界の果て。私は世界の果ての、パリパリのシーツが貼られたベッドに横になる。

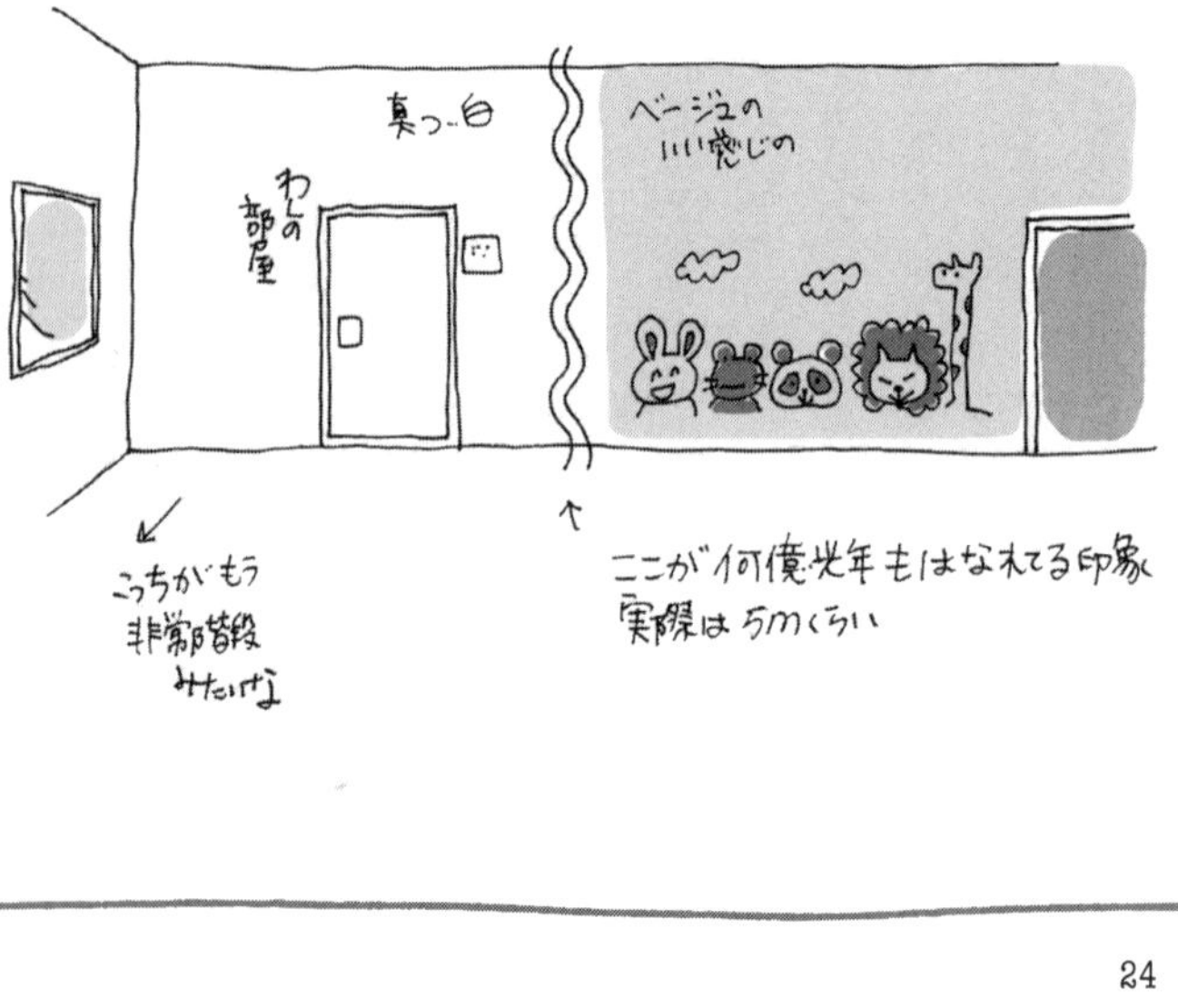

さっき紹介された看護師さんは終始「かわいそう」という表情と話し方を崩さない。入院に必要な書類の書き方や意味をひと通り説明する。そしていちいち、

「今じゃなくていいですから、退院までに書いてくだされればいいですから」

と付け加える。インフォームドコンセント。ベッドの安全な使い方。輸血の可能性。大きな病院に突然ひどい状態で入院するとなると、あとあといろんな面倒なことがあるのだろう。その予防線になる書類の数は膨大だ。

私は、夫が病室に泊まれるのかだけを確認した。

「もちろんどうぞ。その方が私どもも安心します。今ベッドの代わりになるようなものを持ってきますね」

看護師さんはそう言って、大きなソファを持ってきてから担当の変更を告げた。

「申し訳ないのですが、私は今日はこれで勤務が終わりなんです」

その後退院まで何度も看護師さんが変わった。とにかく何時間かおきに担当が変わるのだ。そのたびに自己紹介をしてくれる。だれもかれもひどい人に見える。そもそも私は今、人の顔を見たくないのだ。夫以外の人の顔を。

　食事が運ばれた。動物のエサみたいに見える。しかし何か体に入れないと、分娩ができないという。体力が必要なのだという。でも分娩って？　なんで分娩せんといかんの？　だれも普通に産む以外の選択肢を与えてくれない。

　母に電話をかける。

「だめやった」

　私の声は低く、ゴワゴワとしていた。我ながら人の声とは思えないような声だった。

　両親が赤ん坊の心音を聞いてくれたのはほんの2日前のことだった。初孫になるはずだった。そして今朝まで私がいた、あの無愛想な人がいる病室のことを思い出す。テレビは直ったかな。おだやかな部屋。おだやかな世界。

　夕闇の後、夜が来た。だけどその時まで部屋が暗くなっていたことに気がつかなかった。ふと気がつくとすぐ後ろに黒いマントを来た悪い人がひっそりと立っていた。そんな感じで夜が来た。このひどい1日に夜が来るのだ。暗さに動転した。慌てて部屋の電気をつける。蛍光灯がパチパチッと音を鳴らして部屋を明るくする。今度は明るすぎる。どうしたってひどい部屋はひどいのだ。

20時、バルーンを入れる。陣痛が起こらなかったからだろう。処置はやはりみじめだった。なぜこうもいちいちみじめなのか。これは普通の妊婦でもやることなのだ。それでも、バルーンが挿入された感覚が気持ち悪くてたまらない。破水や出血に備えた夜用の生理用ナプキンはバカみたいに大きい。私は日頃から夜用のナプキンを使わない。

何にでも腹が立つ。

不思議なのは、今朝まで当然あったお腹の子どもへの大いなる愛情が、なくなっていたことだった。大事にしてきた。大切にしてきた。歩く時、立ち上がる時、座る時、長く立っている時、寝ている時、胎動を待って横になっている時。いつもいつもいつも。気がつくと、そこには何の感情もなくなっていた。今朝まで動いていたのに。そして今もまだ私のお腹の中にいるのに。

陣痛は突然来た。夫が何度もナースコールするが、誰も来ない。お腹と背中で別々の痛みを起こす。お腹は小さな黒板消しのようなものが激しくこするような痛み。背中はとにかく、ずうんずうん、と押すような乱暴な痛みだ。誰も来ないので、何がどうなっているのかわからない。夫が私の腰をごしごしとさすりながら

「5分くらい」

とつぶやいている。何だ5分て。腹が立つ。

やっと誰かが部屋に入ってきた。ふっくらとした若い女性だ。かがんだときに見えた胸の名札に助産師とある。

「お腹はそんなに張ってないようなので、深呼吸をして、痛くない時間をできるだけ長く保ってみてください。腰が痛いときはお腹が張っています」

とてもわかりやすい。でもそう言ってすぐに行ってしまう。

どんどん痛みが強くなる。夫が寝てしまったらどうしよう。でも夫はしっかりと起きている。そしてとても怒っていた。痛みが増すにつれて、夫の怒りも増していった。これでいいのか、他に方法はないのか、とても痛そうなのは何か異常があるのではないか。やっとまた姿を見せた助産師さんにくってかかっている。普段はめったに怒ら

ない人なのだ。助産師さんはものすごく上手に沈黙を作って答えをくれない。夫の怒りはどこにも行けないまま、真っ白い壁の辺りをさまよっている。助産師さんはやさしく、

「先生に来てもらいますね」

と言う。でもわかる。先生は来ない。今の私は、彼女が日々接している普通の妊婦さんの姿であり、「約束された痛み」なのだ。異常なのは、お腹の子どもがもう生きていないことと、妻を苦しめている痛みをどうにかしろと激しく怒る夫の姿だ。

痛みで朦朧とする意識の中にまたすうっと助産師さんが現れて、私の腰をゆっくりとさすりはじめた。ふっくらした手でなでられるととても気持ちがいい。温度がある。あたたかい。ありがたい。痛みが徐々に引いていく。眠くなる。

痛みが来て覚醒する。真夜中だったけれど、声を出していいと言われたので、遠慮

なく叫ぶ。

「うああああああああああああああああ」

　ベッドの柵を力任せに揺さぶる。こわしてやりたいと思う。尿意が叫びの邪魔になる。痛みの引いた貴重な休み時間にトイレに行くが、戻るとまたすぐに尿意が襲ってくる。ひどくみじめだ。ソフロロジー[※14]ってなんだそれおとぎ話か。今の私に思いやるべきものは何もない。やりたいようにやらせてもらう。私にはその権利があるはずだ。誰に責められようか。痛みと眠気と怒りがループする。永遠に続くような気がした。私も夫もここからどこへも行けないまま、壊れていくのだ。

　分娩準備室のようなところへ移された。腹たちまぎれに叫んでいたので、さすがにうるさいと苦情が出たのかもしれない。とても広く、ベッドがずらりと10台は並んでいる。他に誰もいない。子宮口はまだ5センチ。動くと痛い。じっとしているのも痛い。夫が現状を知

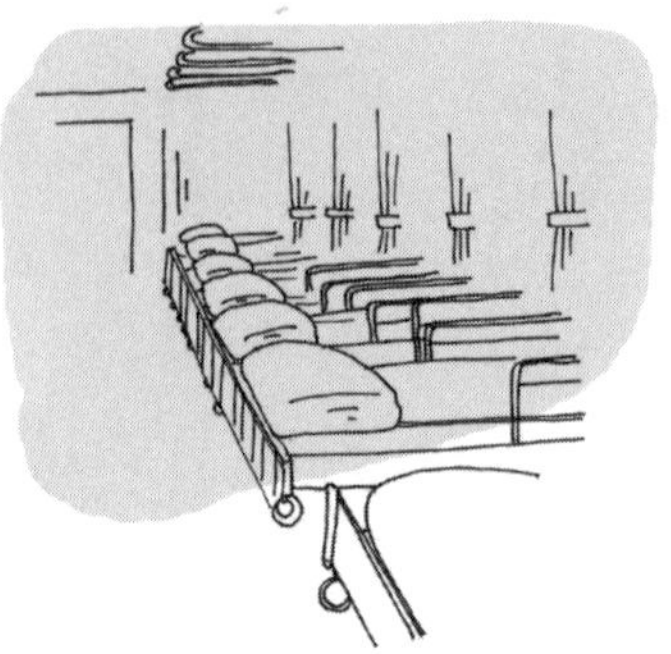

りたがるので先生がまた内診する。その内診が最高に痛い。しかしあまりにも痛くて「内診は痛いからいやだ」と口にすることすらできない。

枕元が白み、夜が明けてきた。寒い。しかし顔は暑い。冷たいタオルで拭いてもらったら、それがまたものすごく不快だった。果てない叫びで喉は干上がり唇はヒビ割れている。水を飲めと誰かが言う。尿意が恐いから飲みたくない。目をつぶって叫んでいると、誰かが「網膜に悪影響があるから目を開けていて」みたいなことを言う。こうしたら？　ああしたら？　こうしなさい。ああしなさい。みな無茶を言う。

「赤ちゃんもがんばっていますよ、お母さん」

その言葉を看護師さんが言いかけて飲み込むのがわかる。そういうことが何度もあった。それは看護師さんがいつも使っている決め台詞《ゼリフ》なのだ。でもそれは使えない。私にかける励ましの言葉はない。

夫が看護師さんに詰め寄っている。

「子宮口が10センチ開いたらどうなるんですか！」

「それはあくまでも目安です！　それからどうするかはまた先生が診られます！」

さすがに看護師さんもちょっとキレている。外が少しにぎやかになる。痛い。もうだめだ。痛い。痛い。痛い。痛い。痛い。痛い。痛い。痛い。

破水。

びしょびしょになった。私の体からすごい量の水が一気に出た。びっくりして一瞬痛みが引いた。看護師さんが夫を追い出してカーテンを引き、水分を拭いてくれる。

「分娩室の準備！」

誰かが声を張る。ハハハ。今からかーい。準備しとけよー。極限の痛みが引いた隙に笑いが出てくる。ベッドが動いている。恐らく分娩室とやらに向かって動いている。何か大きなものが詰まっている。これを出そう。辛いもの。痛いもの。悲しいもの。もういやだ。いやなんだ！！！　ぷるぷるぷるぷるぷるぷるりん！

……出たよー。出ましたけど。

手とか足とかが付いている何かがとうとう出た。そこに私がつながっている。でもそれだけだ。その先がない。これで終わる。さようなら、私の愛しいもの。

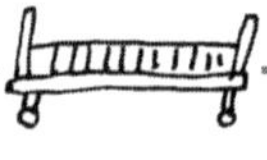

看護師さんが叫んだ。

「先生呼んで！！！」

　ベッドから分娩台に上がれない。力が入らない。抱えられる。

「胎盤が自然に出るから」

と先生が言って、どこかへ行ってしまった。手も足もガタガタと震えている。寒いです。寒いんです。体が気持ち悪いんです。しかし声は出ない。

「血圧測りますよ」

あの

「検温しますね。点滴しますよー。……胎盤出ませんね」

あの、すごく寒いんです。

「お腹押しますよ」

　人がたくさんうろうろしている。男の人みたいだ。紙のようなものを体にかけられるが、かかっていない手とか腕が寒い。震えが止まらない。誰かが何かを引っ張った。

「胎盤出ました！」

「何時に産まれた？」

「わからん」

男の人が答える。聞こえてるよ。

先生が会陰の縫合をはじめた。かなり傷が深いようだ。めちゃくちゃにいきんだせいだろう。３本の麻酔が打たれた。痛い。痛いよ。なんだよ。まだ痛いのかよ。

「点滴に眠る薬を入れますね」

看護師さんが私の体を拭いてくれる。痛みと寒さと気持ち悪さが遠のいていく。

「赤ちゃん、キレイにしてきますね」

分娩の最後に聞いた言葉だ。

4章　誕生と葬式。

手のひらちょうどのブルーベリー

目が覚めるとまだ分娩台にいた。10時半。私は清潔な入院着を着ていた。周りを見まわすと何か懐かしい感じがした。

眠りが、分娩する前と後の私を遠く隔ててしまったみたいだ。私は今朝まで激しく闘い、激しく怒っていた。今、私を高ぶらせていたものがなくなっている。心地よさのようなものさえ感じていた。年季が入った病棟の、さっきまで感じていた寒々しさがすっかりなくなっていた。

かたわらに夫がいた。夫が小さな声で言った。

「かわいい赤ん坊だよ」

赤ん坊は私のベッドのすぐとなりに据えられた小さな透明のケースに入っていた。横になったままケースごしに見る赤ん坊は、寝ているみたいに見えた。

よくわからないけれど、すごく幸せだなと思った。なぜだかよくわからないけれど。でもそれは私の思い過ごしではないと思う。夫も

「なんか、うれしいね」

と、おだやかな顔でそう言ったから。私はうなずいた。部屋の入り口あたりにいた義兄が、私が目覚めたことに気づいて、誰かに伝えに走って部屋を出て行くのが見えた。

　赤ん坊の泣き声はない。

　病室へ戻った。赤ん坊もいっしょだ。義母が来た。母と父にも、

「今なら会えるよ」

とメールしておいた。

　父の勤める会社は病院から近く、すぐに来た。義母が赤ん坊を抱っこしているのを見て父は、

「息していますか」

と聞いた。

「私もそう思いましたけどね……」

と義母が言った。

「そうですか……」

父は小さく答えた。

みんな心のどこかでそう思っていたのだという。もしかして産んでみると生きていたなんてことがあるんじゃないかと。私は一度もそんなふうには考えなかった。だって心臓の影のないエコーをこの目で見たのだ。冷えたお腹。胎動も消えた。希望は全く持てなかった。長い夜に打ちのめされていた。信じる力は残されていなかった。

ここに私の赤ん坊がいる。不思議だ。怒りの中にいた昨夜、私は産んだ後のことを全く考えていなかったのだと思う。死んでしまった赤ん坊を外に出すということまでしか考える余裕がなかった。産めば、そこに赤ん坊が、手の届くところにいるのだ。そしてその赤ん坊がとてもかわいくて、9カ月分のとても立派な手や足やからだを有していて、それを私がこの目で見ることができる。モノクロのエコー映像じゃない、生身の赤ん坊を。本当に当たり前のことなんだけど……。それがとても不思議な気がしたのだ。……生きていないから生身とは言わないんだろうけれど。

ベッドに横になっていたので、すぐ隣にあるケースに寝かされた赤ん坊をのぞきこむ人たちの顔がよく見えた。家族や病院の人たちが皆、おだやかな目をして、かわいい、と言ってのぞきこむ。そしてふわりと悲しそうな表情になる。無理をしているのだろうか。死んでしまった赤ん坊なんてまじまじと見たくないのではないだろうか。それでも私はその人たちの顔を盗み見る。私の赤ん坊を見に来る人たちの顔を。私の赤ん坊が本当にいたという証しのようなものを残したいのだ。

先生が病室に入ってきて、病理解剖について詳しい説明をはじめた。お盆でどこも休みなのだが、大学病院の先生が来られていて、もし必要なら引き受けてくれるという。しかし、解剖しても原因がわからないことの方が多いのだそう。

「急で難しいと思うけど、できればあと1時間くらいで結論を出してください」

そう言って先生は病室を出て行った。

夫は躊躇していた。私はやりたいと思った。これからのために。赤ん坊のために。そして何より今この瞬間のために。できることはやりたい。後悔はしたくない。看護師さんにその旨を伝えると、少しして先生が病理解剖の書類を持って戻って来た。

「病理解剖には2時間程度かかります。その前にお焼香をします。そして、きちんときれいに縫合してここにお返しします」

父がそれについて何か言うかと思ったが、言わない。代わりに

「書類を見て。ちゃんと読んどかな」

と言った。赤ん坊との別れまであとどのくらいの時間が残されているのかわからない。でもそんなに長くはないだろう。その貴重な2時間をつかうことになるのだ。

霊安室は地下にあった。産後でお尻が痛くて、母に車いすを押してもらった。お焼香をあげるのは私と夫と私の両親だ。義父母と義兄は、私たちの家にこまごまとした荷物を取りに帰ってくれていた。先生と看護師さんもお焼香を上げてくれた。

「赤ん坊の名前ね、小夏って言うんだよ」

「こなつ?」

両親がちょっと笑った。私の名前をひっくり返したような名前だからだ。夫が考えた。そうだ。そんな風に笑ってほしかったんだ。霊安室を出たところで、小夏は解剖へ行ってしまった。

大きな保冷剤を何個も抱えた小夏が病室に戻ってきた。先生が申し訳なさそうにお腹のところの傷口を見せてくれた。私と夫が決めたことだけれど、それはやはり悲しい傷だった。

義父母が家から持ってきてくれた一眼レフで夫はずっと小夏の写真を撮っていた。

看護師さんが火葬の日取りについて話をしている。

「暑いですからね。保冷剤がどのくらいの効果があるかですね。それと夏子さんの回復具合もあります。火葬場まで行かれますよね」

別れ難いのは今日でも明日でも変わらない。明後日でいいかと言われても、正直全然よくない。小夏はどう思っているのかな。保冷剤、寒くないかな。

火葬は明日の14時に決まった。夫は埋葬の書類や火葬場の手配に行ってしまった。

看護師さんが、保冷剤をドライアイスに変えてくれた。保冷剤だと少し血液のような匂いがして悲しかったのだが、ドライアイスにするとその匂いが消えた。

なぜか陣痛の記憶が少し甘い。少しうたた寝するとまた陣痛が来そうな気がしてハッと起きる。ほぼ徹夜で出産にのぞんだのだから、眠気は何度も襲ってくる。お尻のあたりがずんずんと痛い。後陣痛というらしい。悪露[※15]がどんどん出るので、ナプキンを換えるのも忙しい。おっぱいを止める薬をもらった。

部屋がずいぶん散らかっている。1人用の個室に夫と私の荷物が2人分、その他いろんなものが置いてあるのだからしかたない。すっきりしたいな。片付けたいな。ごちゃごちゃはいやだな。悲しくなるから。でもまだ動いたらダメなんだろうな。

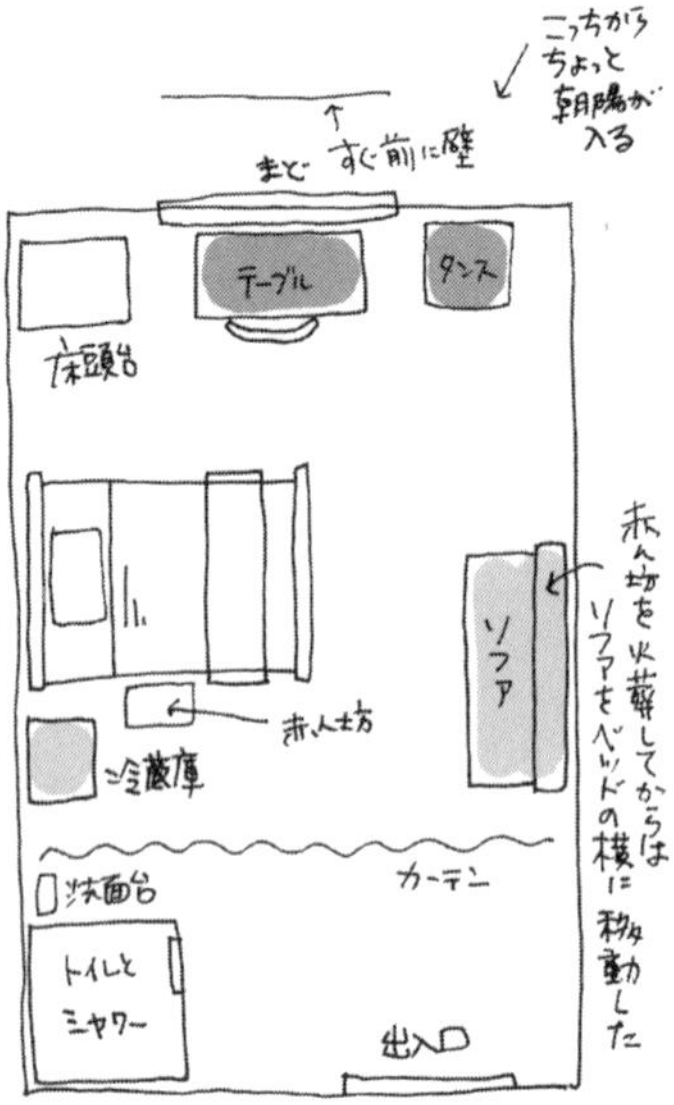

まだ夜の明けていない頃に目が覚める。ほんのひととき、ほんの一瞬だけれど、もうこれ以上朝を迎えるのは辛いな、と思ってしまう。朝、昼、夕と過ごして、なんとか眠りについたというのに、朝

起きると全てがリセットされている。また一からはじめるのか、という気持ちになる。どんなにがんばったって、朝が来るとまた振り出しだ。どんなに楽しい約束も、どんなに夢あふれるチャレンジも、もう私の心を奮わせることはないのかもしれない。こんな朝からはじめなければならないのなら。

明け方、ブラインドを開ける。私は窓が好きだ。今まで何度か入院したが、大部屋で窓際のベッドを占めたことはわずかしかない。運良く窓際をゲットできても、手術して戻ってきたら荷物ごと別の部屋の通路側に移されていたりする。他の患者さんの入退院に合わせて移動することもある。窓際はイヤ、という人もいるらしいけれど。私はいつも窓のそばにいたい。ここは窓を自由にできる。それがいい。

夫を起こしてみた。宵っ張りで朝に弱い人だが、すぐに起きてくれる。眠りが浅かったのかもしれない。夫の夢に入り込んで、よしよし、できたらいいのに。

「ちょっと早かったかな」

「いや、いいよ」

今日はこれくらいがいい。小夏と過ごす最後の日なのだ。昨日が初めての日。今日が最後の日。どうしてこんなことになってしまったんだろう。夫は昨夜、得意のパステルで小夏の絵を描いていた。

「いやあ、難しくてね」

そう言うけど、よく描けている。

小夏はおさるのぬいぐるみといっしょに眠っている。頬が赤く染まっている。とても血色がいい。朝の光のせいか。それだけが原因だろうか。昨日撮った写真と比べてみても、ずいぶんつややかな頬だ。鼻水やよだれも少し出ている。でも拭かない。もったいないから。きれいだから。

尻の痛みをガマンして、小夏に頬を寄せて写真を撮った。笑ったり変な顔をしてみたりして何枚も撮る。すぐに何かがこみあげてくるが、おさえる。誰から見ても悲しみの中にいる私たちだが、それは残したくない。私たちは尊厳を持って必死に生きているのだ。悲劇のヒロインみたいなのは絶対にゴメンだ。

昼前に夫が帰宅した。火葬の前に、昨日からずっと着ている赤いTシャツを着替えるためだ。できるだけ普通にしてほしかったので、喪服ではなく仕事用のスーツにしてもらう。そして、少しでも早く戻るように言った。夫がいないと不安だった。

棺が届けられた。両親や義父母、義兄も来て夫が戻り全員が集合した。

小夏を抱っこして棺に入れた。軽い。病理解剖で体の中身が空っぽになったからだろう。細い小さな腕のはかなさを忘れない。冷たくて清潔な小夏。

母が買ってきたヒマワリ。お菓子や、夫が畑で収穫したゴーヤやイチジク。頬に沿わせるようにカエルのガラガラ。いろんなものを入れた。肌着は夫が洗濯しておいてくれたものだ。手には夫の自信作であるブルーベリーを握らせた。最高の出来だ。その大きな1粒は小夏の小さな手のひらにジャストサイズだった。

夫は、小夏が事切れる前の日、畑でこのブルーベリーを収穫していた。そこで蜂に刺された。パニックに陥りながらも何とか毒を吸い出した。

「小夏、あれで力を使い果たしたのかなぁ」

と夫がつぶやいた。小夏が夫を救ったのか？　がんばったんだなぁ。小さいのにな。

そうして、小夏の棺が完成した。完璧だ。もう少しかわいく見えるように最後に首

の角度をちょっと調整する。フタをする。したくない。永遠に心が残る。
大急ぎで着替えて車いすに乗る。霊安室の前を通って車を横付けできる出口から外に出る。病院で亡くなった人はみなこのルートを通るのだろう。小夏の棺には、病院が用意したクマの大きなタオルがすっぽりとかぶせられている。産科で出産を待つ妊婦さんたちには見せられない。

「暑いね」

「一番暑い時期だからね」

外に出た瞬間、私以外の全員が口々に暑い暑いと言い出した。なぜか私は全く暑さを感じない。お腹の中が空っぽになったからだろうか。

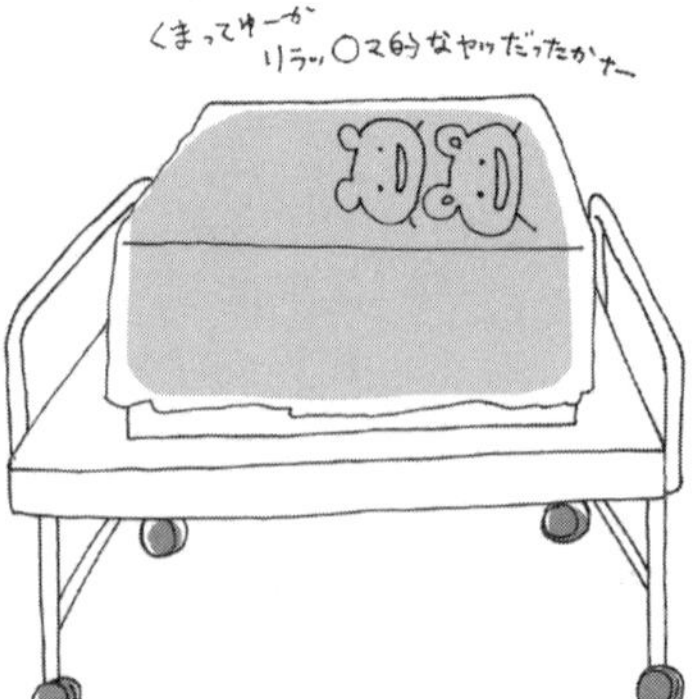

火葬場は森の奥にある静かな建物だ。数年前、祖母と祖父が相次いで他界したときにもここに来た。あのときは雨が降っていた。今日は快晴。こんな日にこんな清々し

く晴れなくてもいいのに。雨が降っていたら降っていたで恨めしく思うのだろう。偶然だが火葬場は自宅の近くにある。そのことをこれからずっと意識しなければならない。また軽い絶望。

建物に入るともうそこが「お別れの部屋」だった。部屋の奥には両手でぐっと力を入れないと開かないような鋼鉄の大きな扉がある。ここまでだ。ここから先はない。時間が足りない。何をしてもお別れに足りない。けれどお別れだ。

ドアが閉まった。

これがお別れなのか。

どれがお別れなのか。

悲しみが止まらない。

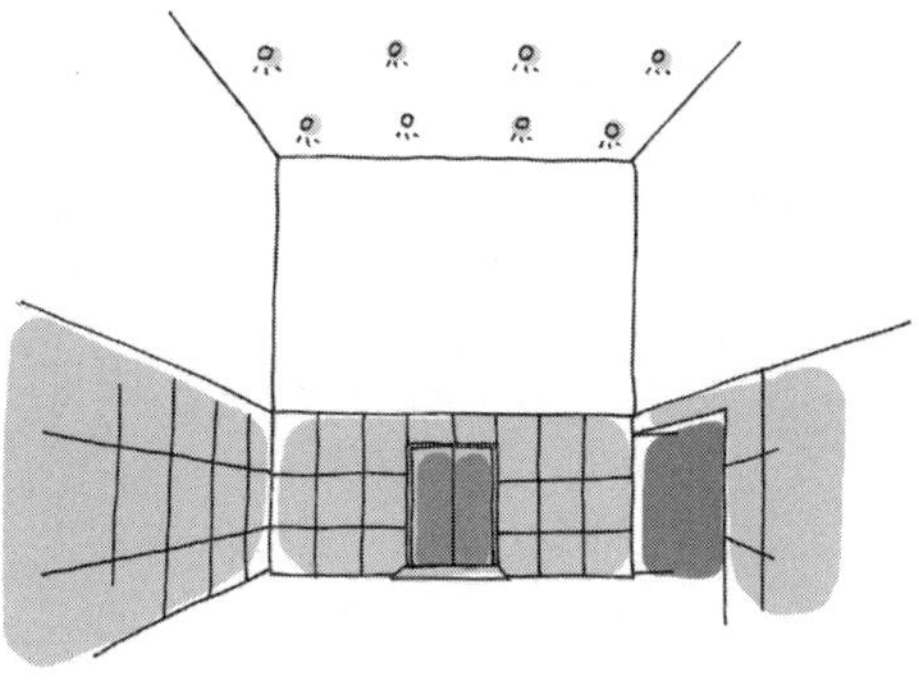

ばいばい、小夏。

ここに赤ん坊が入っている
分娩後
起きて最初に見たのは
おきた？
夫のおだやかな顔だった
その後 病室に
移ってからも
赤ん坊を見に来る
人たちの顔を
ずっと見ていた
みんな
それぞれに
おだやかな
顔をしていた

5章 三は棺桶ではなかった。

やわらかい手のナイチンゲール

畳敷きの広い控え室で火葬を待つ。どのくらい時間がかかるのだろう。お尻が痛いので横になる。大きな窓。まぶしくて明るい。夫に隣に来てもらう。

「お骨壺、大きさ足りるかね」

「2種類あるけど、お骨を見ないとなんとも言えんってことやったよ」

売店に見本を見に行った。

「うーん。小さい方にパンパンに詰めるのもいやだけど、ふたつに分けるのもいややね」

結論が出ないまま、部屋に戻る。

久しぶりの外の世界。想像を絶する非日常を越えて少しテンションが上がっている。徹夜でハイになる感じだ。小夏の前に火葬された人が呼ばれている。終わったらしい。売店まで歩いたのが悪かったのか、お尻の痛みが増してきた。トイレに行こうにも躊躇するほどの痛さだ。夫の横にごろんと転がって大きな窓から空を眺めていた。このまま小夏の火葬が終わらなければいいのに。お別れがどこなのかわからないまま、広

い清潔な部屋で永遠にごろごろしていたいな。そんなことを思う。

そして呼ばれる。石と窓に囲まれたしんとした部屋に通される。しゅうと音をたてている鉄の箱が運ばれ、そこに小夏がいた。きちんとそこにあった。

「34週とは思えないほどしっかりしたお骨だと思いますよ」

係の人が小さな声で言った。小夏を育てた9カ月を認めてもらえたような気がした。

半紙を手渡され、それから箸を手渡される。大小ふたつ並べてもらったお骨壺を見て、大きな方を選んだ。小夏のすべてを一つひとつ詰めていく。粉になってしまったものも全て、小さなちりとりのようなものを使って詰めていく。全部、全部、全部、持って帰るのだ。ゴーヤは形を残している。ブルーベリーはない。食べたな、小夏。

さっきはあんなにお尻が痛くてきつかったのに、今はきちんと立っていられる。

「予定日の前日に亡くした方もおられました」

係の人がポツンと言った。

外は夏の真っ只中だ。日差しが痛いし、光が白いし、空気が濃密で息が苦しい。そ

れでも、熱が私の身体の中まで入ってこない。暑さが汗にならない。身体がしんと冷えている。夏の濃密な塊を、涼しい部屋で眺めているような。

皆と別れ、夫と2人で病院へ戻った。病室はとても散らかっていて、お骨壺を置く場所もない。とりあえずちょっと荷物を寄せて窓辺の明るいところに置いてみる。お骨壺を包む布はどこまでも白い。箱の底辺から張っててっぺんで結んだところまで、幾重にもまっすぐなシワが走る。そのひだを眺める。

私の娘は骨になった。少し寝ることにする。なんだか疲れた。

病室で夫とどうでもいい話を続ける。話が途切れることがないように注意しながら、話を細部まで事細かに追いかける。入院は5日程度。家に戻ったらどうなるのだろうか。日常はすぐそこに口をぱっかりと開けて私たちを待っている。

さすがに夫の食事のネタが尽きた。私の入院食を代

私の娘です

わりに食べたりといろいろやっていたが、適当なもので間に合わせるのも限界がある。

「ボンラパスまで行ってきたら？　バスで行けるよ」

「わかった。バナナとかヨーグルトとかなら食べん？」

「そやね」

　夫が部屋を出てからテレビをつけて、今日が終戦記念日だということに気がついた。戦争で亡くした人のことを涙ながらに、あの日のことを昨日のことのように思う、と語る人が映る。私はいつ、この悲しみから解放されるのだろう。

　お尻の状態が悪くないときを見計らって片付けに取りかかった。せめてお骨壺の周りだけでも整えたかった。洋服やら画材やら、いただきもの、書類の束、袋、ゴミ。床頭台と窓際にテーブルがひとつ。荷物を置くスペースが足りない。

　それにしても殺風景だ。壁が白い。お骨壺を包む布と同じ白だ。部屋を構成する線はあくまでも直線で、隙がない。窓から見えるのは隣の病棟。朝日は光を届けるだけで、姿は現さない。ここに来て4日目になる。

「旅行行きたくない？」

「いいねえ〜」
「あたしは四国に行きたいね」
「おお！　いいねえ〜」

私も夫も旅行は好きだ。おいしいものを食べ、温泉に入ったり体験ものをかじったり、電車に乗ったり。そしてホテルのたっぷりとした朝ご飯！　さっそく夫が車いすを調達してくれて、1階のコンビニへ行ってみた。ちょっと浮世離れしただけでコンビニの喧騒ですら脅威を感じる。恐怖を紛らわすようにプリンやらゼリーの並ぶ棚をぼんやり眺める。

「四国るるぶ」を購入。四国か〜。四万十川。広くて大きいところ。そういう圧倒的な何かに身を委ねたい。そこでカヌーだかカヤックだかを浮かべるのだ。

夜、夫が先に寝てしまった。私はこの部屋でじっとしているだけだけど、夫はかなり動いている。入院やら火葬やらの書類を準備したり、買い出しに行ったり、家に帰ったり。何かと慌ただしい。職場からは、お盆休みもあるししばらく休んで、と言われているようだ。そう、私たちは何を隠そう「喪中」なのだ。信じられない。

　ドアを小さくとんとんと叩く音がして、人がするりと入ってきた。

「こんばんは。……おぼえていますか？　お産のときに付いていた者です」

　おお。この人は確か手がぷにゅぷにゅでやわらかくて、腰の痛みを和らげてくれたあの助産師さんだ。制服ではなく私服を着ていた。

「あ……おぼえています」

「私は今日はもう非番なんです。これから帰ります。明日から休みなので、もうお会いできないと思って来ました」

「あ、どうぞどうぞ」

　なんだろう？

「ちょっとだけ失礼します。これは何ですか？」

　そう言って、座りながらそばに置いてあった夫のスケッチブックを手にした。

「それは夫が子どもの顔をスケッチしていて」

「そうなんですか！　そういうのいいですね。私も実は絵の勉強をしたくて美大に行きたかったんです。結局は看護師の学校に行ったんですが」

「そうですか。あの、腰をさすっていただいたの、すごく気持ちよかったです。ありがとうございました。夫ではなかなか、正直あまり役に立たなくて」

「よかったです。妊婦さんはよくそんな風におっしゃいますね。男の人の手はごつごつしていますからね」

「ハハハ」

「あの、とてもがんばっておられましたね。こういうことを言うのはなんですが、とても感動しました」

がんばった……？　感動……？　あの荒涼としたやけっぱちの出来事のどの辺が……？

ま、いいか。

助産師さんの声は小さくてあったかくて、頭の中にぼわんぼわんとくぐもって響いた。くすぐったいことをいろいろ言うのであまり顔を見ることができなかった。それから毎日出産に立ち会っている人ならではの話をしてくれた。なんというかスピリチュアルで少し現実を離れていて、普段の私ならちょっと遠慮したくなるような。けれど、彼女が仕事で得たありがたい体験談だったし、私の今置かれた状況がちょっと現実を離れているし、なにより仕事を終えた貴重な時間を割いてわざわざ訪ねて来てくれたことがうれしくて、子守唄を聞くようにうとうとしながら話を聞いた。彼女はとても熱い人だった。

「さようなら。がんばってくださいね」

彼女はドアを細く開けて、その隙間にすっと消えて行ってしまった。

私はラッキーなのかもしれない。小夏はもういってしまったけど、少なくとも今、私がいるこの場所は棺桶ではないのだ。あたたかい声がしたから。

朝から部屋のトイレで少し力んでみたら、これがもう言葉にならないほどの痛みが走る。どうしたものか。

「あいたたたた」

とか言いながら不格好な姿勢でベッドに横になるが、痛みはおさまらない。

夫はまた家に戻った。いいというのに、退院前に一度家の掃除と洗濯をするらしい。夫が1人で病室を出ていくのが恐い。本当に無事にここに戻って来てくれるのだろうか。これまで感じたことのない不安を抱えていることに気がつく。

頭を振って、どうしようもない恐怖を払い、シャワーを浴びる。出産以来初めてのシャワーだ。室温が保たれた病室に寝泊まりしていると汗をかかないし、そもそも小夏を外に出してからというもの、体液がもたらす不快感を感じることがなくなってしまった。しかし、考えてみれば出産時に体を拭いてもらってから一度も体を洗ってないのだ。いくらなんでもまずいだろう。看護師さんにもそろそろいいですよ、とすすめられたのもあり、痛みを抑えながらなんとか済ませる。

昼前に内診があった。激しい出血。しかし予定通り明日の退院が決まる。普通は5日で退院なのだ。普通、か。普通なんだろうな。

部屋に戻ると、私の昼食と両親が来ていた。夫が家に戻っ

ていることを知っているので、このタイミングなのだ。私を1人にしないようにしているようだ。

ここで父とつまらない言い争いをする。幼い頃から父とはしょっちゅうケンカをしていた。結婚して家を出る頃には、父と私の性格がそっくりだからこそ衝突するということもわかってきて、波風立てずに過ごす方法も心得た。なのに久しぶりのケンカ。父は一体何をしに来たのだろう。

食べかけの昼食もそのままに部屋を出た。昔ならカッとなっていたが、今日、そんな元気はない。というか、何とも思わない。ただ、面倒臭かった。健全に働くべき感情が、全て開店休業の状態なのだ。腹も立たない。

産科病棟を出て、少し遠くまでゆっくり歩く。手術前の家族が待機する部屋でおじいさんと孫という感じの2人が話をしている。ナースステーションでは薄いピンクの人影がバタバタと動いていた。お尻が痛くなってその辺のソファに座った。そこで働く人たちを見ていた。半時間ほどそうしていたらずいぶんと安らいだ。

部屋に戻ると父は消えていた。母は父のことにはふれず、何もなかったように何でもない話をする。ありがたい。それこそが私が求めているものなのだ。私の昼食は食べかけのままで残されていた。係りの人が下げに来たのを母がそのままにしたのだろう。母は昔からいつも私の食欲を心配する。私の体重から鑑みてもその心配は無用のはずだが、それでも母は、私の食欲を気にかける。

病院食は、見た目は地味だがおいしい。プラスティックの容れ物にくぼみが３つ空いていて、そこにご飯と惣菜が２種類。最初こそ犬のご飯みたいだなと思ったけど、食器の味気なさを差し引けば、私の日頃の食事も大体こんな感じだ。

そもそも産院で出ていた生野菜にオイルたっぷりドレッシングとかホワイトソース、という食事は私の好むものではない。私がそのホワイトな食事を食べ終える頃、おじさんが白くて背の高い刺繍入りのコック帽を手に、廊下を歩いてくる。通路側のベッドに寝ていた私はいつもおじさんと目が合った。にっこりするおじさん。「おいしかったです」という目線を返す私。そんなタイミングで毎日鉢合わせになれば、そうするしかないではないか。けれど私はそうやって感じのいい妊婦として過ごすことで、幸せな出産の日を迎えられると信じていたのだ。

今、かみしめる青菜を胡麻と醤油で和えたものは、いりこやカツオも入ってとてもウマい。それでいいじゃないか。何も華やかじゃなくていいじゃないか。華やかさがそのまま惨めになる日がこんなに簡単に来るのなら。

父が戻って来た。時間を無駄に過ごさないこの人が、私のためにどこでどんな風に時間をつぶしていたのだろう。しかも少しおだやかになっている。私も大人になったけれど、父も昔の父とは変わった。こんなことになってしまった娘をどう扱っていいのか戸惑っているだけかもしれないけれど。

両親と話していると、産院の先生と事務長さんがお見舞いに来た。お産の費用として事前に産院に払ったお金も持って来てくれた。

「今回こういうことになって残念だけど、これから赤ちゃんを作ることをあきらめることはないからね。もしよかったらいい先生も紹介するよ」

次、ということを考えるとき、この産院が選択肢に入ることはあるだろうか。ちょっと今はわからない。次？　わからない。今は考えられない。

「とにかくあきらめないことだね」

先生は繰り返した。事務長さんが横で神妙な顔をしていた。先生は男性だが、女性の事務長さんは何か別の思惑で私を見ていたのだろう。私は5カ月の妊婦教室のときに先生が大勢の妊婦さんを前に言っていたことを思い出していた。

「心配しなくても、無事に産まれますよ。でも、まれにですが、悲しいこともあります。私の病院でも10年に一度くらいという割合でしょうか。9年前に一度ありました」

まさか私が確率通りのレアケースになるとはなぁ……。あのときは思いもしなかった。人生、何が起こるかわからない。そして私のことはその10年に一度の悲話として次の10年間妊婦教室で語り継がれるのだろう。

夜になっていとこが見舞いに来た。同じ年で小さい

頃から仲がよかった。私が日頃から好む体によさそうな素朴なお菓子をひとかかえ持って来てくれた。

たくさん笑って話をした。仕事の帰りに時間を作って来てくれた彼女が楽しんで帰ってくれるように。今回の事の顛末を、おもしろおかしくスリリングに、大笑いしながら話をした。この4日間、私の眼から絶えず流れ続けた水分のおかげで私のまぶたはもったりと腫れ上がっていた。眼の周囲は蒸発した水分でカピカピに乾燥し、白い粉を吹いていた。そんな状態の私を見られた上で、これ以上しんみり、なんてしたくないじゃないか。

いとこが帰った後、とうとう喉が枯れてしまった。話し過ぎだ。けれど、何か小さな達成感があった。こうやって少しずつ私は外の世界へ出て行くのだ。思っていたような新生活ではなかったけれど、それでも愛おしい日々の暮らしが待っているのだ。

次は誰だ。私を強くしてくれるのは。

品数少な！色茶色…ま、普通のゴハン
全体的にホワイトソース&ドレッシング攻め…
どーでもいいことだけど
産院での食事中…
ホワイトな
もぐもぐ
毎日仕事上がりのコックさんが
部屋の前を通る
そしてにっこり
おヒゲがつけてる→
由緒ありそうなコック服→
←コック帽
笑うしかない
ははは
毎日はきついな…
……
アジの塩焼きとか
食べたいな…

6章 私の中を確かに通り過ぎたもの。

風と光と緑と空の家へ

退院の朝が来た。守られた世界を飛び出して、現実に戻る日だ。この部屋にもずいぶん愛着がわいた。お通じで激痛を抱えながら、ゆっくりと荷物をまとめる。

最後の昼食は自分で取りに行った。いつもは係の人が運んで来てくれていた。絶対安静の人にはそういう札がついているのだ。私は絶対安静ではなかったのにそういう扱いになっていたのだろう。産婦人科病棟の一番端の個室から反対側の端にある配膳車までゆっくりと歩く。その間、ずらりと並ぶ大部屋の内部が見るともなしに目に入る。皆さん私なんかよりもずっと大変そうだった。婦人科の病気を患っておられるのだろう。私は病気ではない。それだけでも感謝すべきことなのだ。しかし産後5日目の私にとってもやはり配膳車は遠く、食事をのせたお盆は想像以上に重かった。

夫が会計を済ませるのを少し後ろで眺める。どうしようもなく悲しくなってくる。現実への最初の扉。病院のタクシー乗り場で運転手が客を待ちながらダラダラしている感じがなぜか怖くて、通りまで出て拾った。これがとてもいいタクシーだった。聞き慣れているFMがかかっていた。道をよく知っていた。そして無駄なおしゃべりをしない人だった。あちこちに立ち寄ってもらい、こまごまとした用事を済ませた。

家は山の麓にある。車窓から懐かしい山の姿を見て、数日前ここを出た時の「私」を思い出した。その人はもういない。もうあの日の「私」は戻らないのだ。生まれ変わったような気がした。本意ではなかったけれど、変わってしまった自分に、すがすがしささえ感じた。小夏が、産道を通って出て来てくれたからかもしれない。亡くなってしまったけれど、私の中を確かに通り抜けていった。そういう実感があった。

　家について、そのまま大荷物にまみれるのがいやだったので、休む前に手分けしてゆっくりと片付けた。家のすぐ前の畑と森の緑は夏の最盛期を迎え、むせか

自慢じゃないけど 本当に気持ちのよい家なのだ
『しまぐちのいえが できるまで できてから』参照

えるような命の香りがする。あらかた整えてから、いつも飲んでいる三年番茶を沸かし、氷をたくさん入れて飲んだ。暑い。久しぶりに体がちゃんと暑さを感じている。無垢材の床にごろんと寝っ転がって、大きな窓から、風と光と緑と空を眺めていると、心がいい方向へ顔を向け、ゆっくりと歩き出していくのがわかった。それから、この美しい家に戻って来られなかった小夏を思った。

夜は特上寿司をとった。夫はそんな気持ちにはなれないと言ったけど、ゴリ押しさせてもらった。私はこのひどい退院を祝いたかった。良くも悪くもこうして生まれ変わったのだ。お祝いでもしないと浮かばれないではないか。タクシーで寄ってもらった店で買ったケーキも食べた。さすがに酒は飲まなかった。

寝室へ小夏を連れて行った。隣に用意している子ども部屋が目に入った。だけどそんなに悲しいと思わなかった。もしかしたら私はいつも恐れながらこの部屋を見ていたのかもしれない。どこかで心の準備をしていたのかもしれない。なぜだろう。なぜそんなことを思うのだろう。妊娠中、ずっと不安を抱えてはいたけれど、具体的に小夏が亡くなることを想像したことはない。なかったと思う。なのに、なぜだろう。

また朝が来る。トイレが近くて起きることもない。眠りの浅さもない。お腹もぺしゃんこ、おりものもない。妊娠中悩まされていた症状ばかりだ。そういうこと一つひとつがひどく堪える。きついな、と思う。この、何もなくなってしまった重みに、いつか慣れる日が来るのだろうか。

さっさと食事を作ってさっさと食べてさっさと片付ける。ダラダラしない。山が近いためアリが来る。のんびりしていてはアリに先を越される。彼らが食べ物の匂いに気がつく前に、水回りをきれいにする。出しっぱなし、散らかしっぱなしは、とにかく切ない。

食後お茶を淹れなおして、夫と、小夏のお骨をどうするかについて話し合う。

「お骨をどこか遠いところに埋めるっていうのはなかなか想像できないね」

「うん。手元にずっと置いておきたいね」

「お墓とモニュメントを作るのはどうかな」

家の畑は家より広い。調べてみると、自分で埋葬するというのは法に触れるらしい。埋葬許可証というのが必要らしい。ふむ。


重い腰を上げて、携帯電話に登録している知人に一斉送信で訃報を届ける。送りつける、というべきか。

「9月21日を予定日に妊娠生活を送っていましたが、8月12日朝、子宮内で胎児が心臓を止めてしまいました。同日夜、陣痛が始まり、13日午前8時46分、自然分娩で長女・小夏を出産しました。14日に火葬し、私は昨日退院しました。夫にとって、私にとって、百年を感じた1週間でした。」

受け取った人がどう思うかというところまで考える余裕はなかった。正直なところ、小夏が亡くなったことを知らない人がのんきなメールを送ってくることを避けたいだけだった。全く余裕がなかった。私の乱暴なメールに対し、すぐに恐る恐るという感じでいくつか返信が来る。来たけれど、あまり読まなかった。誰からどんな返信が来たか、あまり関心がなかった。目は開いていても、閉じているのと同じだった。

夫が憔悴している。どうしようもないようだ。目の前にいる人がどんどん落ち込んでいくのを見るのが辛い。自分だって似たようなものなのに。私は勝手だ。

私は小夏を産んだ。小夏が亡くなったことは耐え難いが、何か手応えのようなものを私に残していってくれた。小夏が私の中で芽吹き、動き、自分の力で私の体を出て行ったことを文字通り体感したからだと思う。しかし、夫にそれはない。痛みに耐える私を案じ、やり場のない怒りをもてあまし、完全なる負け戦の後、草木の生えない荒れ地にいる。そりゃきついよね。そしてまだ、何か信じられないような感覚が残っているのだろう。

産めたけど辛い。産めなかったから辛い。結局どちらも辛い。

そういうことを話してみた。夫は少し元気になったような気がした。

「でもね、俺はぜんぶがね、なんか意味のないことのように思えてくるんだ」

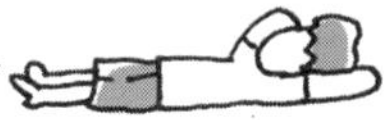

肩を落としてそういうふうに言う夫が悲しかった。でも、そんなことないよ、とは言えなかった。いろいろ考えてから、

「そうだね」

と言った。

この世の中で、共感できるのはこの人だけだ。この人がいて、よかった。

7章 子どものいない産褥期。

傷心旅行くらい行かせてくれ

夫が仕事に出かけた。姿が見えなくなった後、わんわん泣いた。夫が事故にあったらどうしよう。恐い。

何だコレは。これが私なのか。

体を動かそう。今やりたいことは何だ。仕事だ。フリーランスなので、請け負っている先へ連絡をとる。やる気あふれる私のメールに対して、彼らからの返事は悲しみをまとっている。なんなんだ一体。悲しみを発信するのは私であるべきなのに。

夫は仕事を終えてすぐに帰って来た。そしてまた2人で部屋の掃除をした。

夫が、同じような不幸にあった人たちの体験談を記した本を買って来てくれた。『誕生死』（三省堂）という本だ。元々何か病気があった人もあるが、多くの人が私のように原因不明で、妊娠中のさまざまな時期に子どもを亡くしていた。そこで、インターネットでいろいろと調べてみる。ここにも多くの人が個人のブログでひっそりと体験を語っていた。中には2回も3回もやっているという人もいた。あぜんとする。

これは無理かもしれない。私は子どもを持てないのかもしれない。小夏に会うことは、もうできないのかもしれない。私は何処へも行けないのかもしれない。

誰かと話をしたい。けれど、私の周りはひっそりとしている。

夫の休みが来た！ 1日いっしょにいられるのだ。

「まずは美容院！ 前の美容院に行くのは辛いけん新しいところを下見したい」

「買い物も行かんと。あと、銀行と図書館と、本屋さんも行きたい」

「あずきバー食べたいね」

「旅行行きたいね！」

「四国もいいけど、まずはちょっと近場で日帰りね」

食べたいもの、買いたいもの、行きたい場所。小さな目標が同じ方向を向いている。そんな人と生活をともにするのは辛いときでもいいものだ。小旅行は唐津か吉井町の案が出た。福岡市内から軽いドライブで行ける、美しい景色とおいしいものがある町だ。旅行の計画を立てるのは楽しい。すぐそこに楽しさが約束されているから。

そして突然すべてがばからしく思えてくる。こんなことをしていても救われない。しょせん小夏は死んだのだ。少し先に透明な紐が足元の高さにピンと張ってあって、

それに気がつかずに走っていたらバタンと転ぶ。そんな感じだ。

でも、仕方ない。転んでも、先に進むのだ。小夏、私たちは先に進むよ。

朝の散歩をはじめる。元来朝型だ。9月の朝5時の静けさに一歩を踏み出し、体を動かしていると、徐々に空が明るくなる。これより秋が深まると夜明けが遅くなる。太陽よりも一足先に出かけたいのだ。昼はまだ残暑が残るから朝の涼しさは貴重だ。歩いていると、体重はすぐに戻った。それでも標準体重まであと5キロ。がんばるぞ。

昼寝が常の私だが、やめにする。眠りから覚めた時の喪失感が堪えるから。目が覚める。小夏がいないことを思い出す。落ち込む。毎回このサイクルのやり直しなのだ。これはなかなか慣れない。朝は、夜寝るわけだから仕方ないし、朝特有のすがすがしさがある。しかし昼はきつい。となりに夫がいない。1人で目覚めるのはいやだ。

夫が近所のいくつかある馴染みの店へ出向き、出産が不首尾に終わった報告を済ませた。腹がへこんだ私が行って「おめでとう」と言われるのは耐えられない。

夫はホークスのデーゲームを見てごろんと寝てしまった。ローストビーフを仕込む。

スープにたくさん野菜を入れる。水菜と胡麻の生サラダ。くるみとレーズンのパンに、トマトやオリーブの入ったチーズ。ワインを開ける。酒は何カ月ぶりだろう。2杯飲んだ。昼間ホームセンターで買ったアルコールチェッカーで遊んだ。

食事を終えて、テレビで『蝉しぐれ』という映画を観た。蝉と赤ん坊の泣き声がきつかった。映画が終わってから、飲み残しの赤ワインと畑で採れたイチジクを使ってコンポートを作った。部屋中がコクのある香りで満たされた。

週が開けて1人の午後。今日は朝からお腹の真ん中の上あたりがもぞもぞと動いている。子宮がどんどん小さくなっているのだろう。しかしその動きは妊娠中に励みにしていた胎動に似ていて、足元がすくむ。家でじめじめと食事の準備をしていたら母から電話がある。私が泣くのを気配で知るのだろうか。今日は根菜汁、鯛の香り蒸し、玄米。大豆の梅煮とキビナゴの甘煮も作った。夫の帰りも驚くほど早い。ありがたい。

福岡市内の喫茶店を紹介した単行本のデザインにかかっていた。今日は軽食の写真を切り抜く作業だ。分厚い卵焼きのサンドイッチや生クリームと赤いさくらんぼがのった珈琲ゼリー。画像ソフトで一つひとつ手作業で切り抜く。これはいい。何も考

えなくていい。著者の小坂章子さんが差し入れてくださった水出し珈琲を淹れる。

別の仕事仲間から電話があり、すぐに家を訪ねて来てくれた。私の入院が急に決まり、進行中の仕事を整理して私の出産を待っていてくれた人だ。そうやって、少しずつ誰かが私のドアをノックする。私も少しドアを開けて外を窺う。そこには残暑があり、その向こうには秋の気配がした。

今日は夫が午後から仕事なので午前中は自由だ。まずは近所に新しくできたオーガニック料理を出す食堂へ行ってみる。いい店だ。玄米と味噌汁、ゴーヤと赤玉ねぎの和え物、切り干し大根、梅干しに漬物。お待たせしたからと、おやつのおまけもあった。しかし、その日赤ん坊を連れた客とその声に耐えられなかった。唐突に泣けてきた。店内にあふれる子どもの叫び声を聞いていると、私の中に黒い気持ちが充満した。

夫を職場へ送り、あれこれと買い物をする。画材とアルバムとスケジュール帳とドーナツを買った。小夏の写真を現像した。左の腰が痛み出したので映画館に入って『キサラギ』を観た。どこまでいっても私の現状と重ならない、安心して観られる映画だった。おもしろかった。仕事を終えた夫を拾って、ネパール料理を食べに行く。3種のカレーとネパール餃子とゲンを食べた。

天神で大勢の人を眺めていると、確率のことを思う。こんなに人がいるのに、私はひどい目に遭っている。なぜだろう。なぜだろう。なぜだろう。

家に帰りたい。

妊娠中から日記をつけていた。日記をつけていると、時間がちゃんと経って、予定日に近づいているのが実感できてうれしかった。今、小夏を失ってなお、書いている。自分の気持ちを整理する目的もあるし、メモを付けずにいられない性格というのもある。先の何かを見据えている気もする。小夏を失った私にとって、先って何だろう。何があるのだろう。

買ってきたアルバムに小夏の写真をまとめよう。手触りのいい生成りの布が貼られた、箱入りの大きなアルバム。

ネットで、「産後1カ月 旅行」と検索してみる。少し出かけてもまだ体が痛いのだがそれは正常なのだろうか。しかし、私が訪ねたネットの世界は、幸せな別世界だった。

赤ん坊が産まれた。大変。不安。幸せ。乳の匂い。沐浴。これからの成長……。そうですか。それはよかったですね。暗転。

子どもの声のするところからとにかく遠く離れたい。

5時半に起床。散歩。昨夜の残りの炊きこみご飯とアラ汁を食べる。8時に夫の友人が2人、車で迎えに来た。

朝倉へ向かう。まずは三連水車。有名な観光地だが初訪問だ。意外にこぢんまりしていた。一同笑いつつ、写真を撮りあう。近所の養蜂場に立ち寄り、はちみつスイーツをいろいろとシェアする。夫は隣接する蜂の資料館というところに入って行った。

「あの日、俺を襲った蜂、その生態を調べてやるのだ」

夫は入れ替わりに小夏を失った憎っくき蜂にずっとこだわっているようだ。私はのんびり店内をまわり、世界の蜂蜜を試食した。ミカンの蜂蜜と珈琲の蜂蜜、そして蕎麦の蜂蜜を買った。鉄分が豊富。夫が早々に戻って来た。

「どうやった？蜂の対処法はわかった？」

「いや。わからんやった。なんかそういう資料館じゃなかった」

期待を裏切られたき、夫は本当にショボンという顔になるのでおかしいのだ。

昼食は吉井町の「十八《とおはち》」で東京X《エックス》という幻の豚カツと鴨のすき焼きを食べた。せっかく車を出してもらったことだし、昼からビールも飲む。デニッシュが絶品の「シェ・サガラ」や川沿いの燻製の店「リバーワイルドファクトリー」。

吉井の白壁の町を散策する。「四月の魚」をはじめ、この町は古道具屋が充実している。夫の高校時代からの友人である男性陣はニコニコと散策につきあってくれる。押し付けがましいところのないおだやかな人たちだ。「ひた屋福富」の奥にしつらえられた茶店に陣取り、かき氷を食べた。あずきとわらびもちが入っていて抹茶と練乳がたっぷりとかかっていた。千本格子の入った窓際の席から、暑気の街並を涼しく眺める。あまりの暑さで今日は人もまばらだ。

気楽な日帰り旅行。友人らは男性で、現在ともに独身で、子どものいる生活から遠く離れたところにいる人たちだ。

……私はずっとこうやってそういう世界から逃げ続けるのだろうか？

そろそろ引き上げ時。日が暮れると同時に不安が押し寄せる。私たちには今、それを補う心のよりどころがない。気持ちが落ち込んでしまったら、それを持ち上げるのにとても時間がかかる。

夕方の道の駅を2軒ハシゴしてもらって、春日市まで戻りベトナム料理「フォーバック」で夕食にする。春巻きやらフォーやら、バインミー、チェーにベトナム珈琲。

最後に夫が、持参した小夏アルバムをテーブルに広げた。小夏が産まれてから私が退院するまでのさまざまな場面。数ページを進んだところで、メンバーの1人が小さく手を上げてギブアップを申し出た。夫はかわいい子どもを自慢したかっただけなのだ。けれどそれも叶わなかった。そして、冷静になって考えれば当たり前なのだ。死んだ子どもの写真を見たい人がいるだろうか。

アルバムの最後に、片付けが終わって去る直前の病室をおさめた写真を貼っていた。外の世界から守られた小さな白い箱みたいな部屋。あの部屋には全てがあった。私と夫と小夏。あの部屋から遠く離れて、私たちは小夏を探す旅に出た。

明日から9月だ。

8章
月命日を数える。

体の不調と心の不調を抱えて。

9月から11月

9月1日

散歩。朝食は「サガラ」のパンとサラダ。さっさと掃除。昼は玄米を炊いて、大豆の梅煮、キビナゴ、なすびのみそ汁。野球を観たりごろごろしたり。夜は鮭とゴーヤの残暑ドリア。来週の献立を立てる。

　自分を支えるために献立作りをやっているのかもなぁ。誰も訪ねてくることのない静かな部屋で、自分を見つめている。

9月2日

　朝から散歩。世界陸上の女子マラソンを観る。大橋のケンチキへ。ジャンクフードに舌鼓。左腰の後ろの方が痛い。表面的な痛みだけど、傷じゃない。何かなー。明日の散歩はやめとこう。本当はじっとしとかないかんのかな。でも、お通じがなくてとにかく体を動かしたい。家の中で歩き回ろうかな。

　出産後発生したいろんな痛みはいかんともしがたい。右のお腹も少しきりきりする。お産に関係することなのかな。普通は赤ん坊の世話に追われてやり過ごすようなことかもしれない。N病院か産院に電話して、気軽に診てもらえるものなのか。わざわざ診てもらうほどでもないのかもしれない。

　土日、予定なし。気がつくと夫と2人とってもつまらない顔をしていてちょっと笑ってしまった。赤ん坊との新しい生活がはじまらないということの気抜けもあって純粋に

post card

恐れ入りますが、
切手をお貼り
ください

810-0041

福岡市中央区大名2-8-18
天神パークビル501

書肆侃侃房 行

□ご意見・ご感想などございましたらお願いします。

※書肆侃侃房のホームページやチラシ、帯などでご紹介させていただくことがあります。
不可の場合は、こちらにチェックをお願いします。→□　※実名は使用しません。

書肆侃侃房　http://www.kankanbou.com　info@kankanbou.com

■愛読者カード

このはがきを当社への通信あるいは当社発刊本のご注文にご利用ください。

□ご購入いただいた本のタイトルは？

□お買い上げ書店またはネット書店

□本書をどこでお知りになりましたか？

01書店で見て　02ネット書店で見て　03書肆侃侃房のホームページで
04著者のすすめ　05知人のすすめ　06新聞を見て（　　　　新聞）
07テレビを見て（　　　　）　08ラジオを聞いて（　　　　）
09雑誌を見て（　　　　）　10その他（　　　　）

フリガナ
お名前　　男・女

ご住所　〒

TEL（　　）　FAX（　　）

ご職業　　年齢　　歳

□注文申込書

このはがきでご注文いただいた方は、**送料をサービス**させていただきます。
※本の代金のお支払いは、郵便振替用紙を同封しますので、本の到着後1週間以内にお振込みください。
銀行振込みも可能です。

本のタイトル	冊
本のタイトル	冊
本のタイトル	冊

合計冊数　　冊

ありがとうございました。ご記入いただいた情報は、ご注文本の発送に限り利用させていただきます。

ピョン・ヘヨン／著　カン・バンファ／訳

アメリカの文学賞、シャーリイ・ジャクスン賞2017を受賞、長編部門では韓国の小説家で初の受賞作。どこで道を踏み誤ったのか……記憶にないあの日の事故次第に明かされる真実とは。

本体1600円＋税　ISBN978-4-86385-343-0

Woman's Best 7　韓国女性文学シリーズ4『春の宵』

クォン・ヨソン／著　橋本智保／訳

苦悩や悲しみが癒されるわけでもないのに酒を飲まずにいられない人々。切ないまでの愛と絶望を綴る七つの短編。それは春の宵のようにはかなくかなしい。

本体1800円＋税　ISBN978-4-86385-317-1

Woman's Best 6　韓国女性文学シリーズ3『七年の夜』

チョン・ユジョン／著　カン・バンファ／訳

いま韓国でもっとも新作が待たれる作家チョン・ユジョン待望の長編ミステリー。韓国では50万部を超える傑作ミステリーとなり、「王になった男」のチュ・チャンミン監督に、リュ・スンリョンと

21『それはとても速くて永し』… ISBN978-4-86385-…-4

20『イーハトーブの数式』大西久美子　ISBN978-4-86385-175-7

19『タルト・タタンと炭酸水』竹内亮　ISBN978-4-86385-174-0

18『トントングラム』伊舎堂仁　ISBN978-4-86385-169-6

17『いつも空をみて』浅羽佐和子　ISBN978-4-86385-167-2

16『サイレンと犀』岡野大嗣　ISBN978-4-86385-166-5

15『同じ白さで雪は降りくる』中畑智江　ISBN978-4-86385-159-7

14『硝子のボレット』田丸まひる　ISBN978-4-86385-158-0

13『オーロラのお針子』藤本玲未　ISBN978-4-86385-157-3

【新鋭短歌シリーズ第1期】　本体1700円＋税

12『やさしいぴあの』嶋田さくらこ　ISBN978-4-86385-134-4

11『あそこ』望月裕二郎　ISBN978-4-86385-133-7

書肆侃侃房

Shoshikankanbou

『雨とカラ

株式会社 書肆侃侃房　〒810-0041 福岡市中央区大名2-8-18 天神
TEL092-735-2802　FAX092-735-2792　http://www.kankanbo
info@kankanbou.com　Twitter／Instagram:@kankanbou_e

取次:地方・小出版流通センター、子どもの文化普及協会、きんぶん図書

2『耳ふたひら』松村由利子 本体2000円+税 ISBN978-4-86385-179-5

1『海、悲歌、夏の雫など』千葉聡 本体1900円+税 ISBN978-4-86385-178-8

【ユニヴェールシリーズ】

11『ラヴェンダーの翳り』日置俊次 本体2100円+税 ISBN 978-4-86385-372-0

10『水のために咲く花』宮川聖子 本体1700円+税 ISBN 978-4-86385-356-0

9『音INTERVALLE程』西田リーバウ望東子 本体2300円+税 ISBN 978-4-86385-340-9

8『地獄谷』日置俊次 本体2000円+税 ISBN 978-4-86385-336-2

7『揺れる水のカノン』金川宏 本体1700円+税 ISBN 978-4-86385-301-0

6『ライナスの毛布』高田ほのか 本体1700円+税 ISBN 978-4-86385-278-5

5『曼荼羅華の雨』加藤孝男 本体2000円+税 ISBN 978-4-86385-274-7

4『スウィート・ホーム』西田政史 本体1900円+税 ISBN 978-4-86385-273-0

3『ピース降る』田丸まひる 本体1700円+税 ISBN 978-4-86385-263-1

2『転生の繭』本多忠義 本体2200円+税 ISBN 978-4-86385-261-7

1『オワーズから始まった。』白井健康 本体2000円+税 ISBN 978-4-86385-260-0

【その他の歌集など】

歌集『西暦三千年の雪』星野満寿子 本体2500円+税 ISBN978-4-86385-305-8

詩集『海辺のまちの小さなカンタータ』柴田康弘
本体2000円+税 ISBN978-4-86385-173-3

『原爆句抄』魂からしみ出る涙 松尾あつゆき
本体1300円+税 ISBN978-4-86385-177-1

『このかなしき空は底ぬけの青』消せない家族の記憶1945・8・9 平田周
本体1500円+税 ISBN978-4-86385-193-1

長崎原爆の惨状を自由律俳句で描いた『原爆句抄』の著者・松尾あつゆき。その孫の平田周が綴る、祖父あつゆき、母みち子、娘結、家族四代の物語。

KanKanComics『子らと妻を骨にして』原爆でうばわれた幸せな家族の記憶 奈華よしこ／絵 松尾あつゆき・平田 周／原著

原爆によって妻と3人の子を奪われ、一人残された娘みち子とともにその後を生きた自由律俳句の俳人松尾あつゆき。戦後を生き抜き、家族はすでに五代目、孫の平田周(被爆二世)が戦争や原爆の悲惨さを語り継ぐための家族の物語を、長崎在住の奈華よしこが漫画でみごとに再現した。

本体1500円+税 ISBN978-4-86385-272-3

詩誌『something29』鈴木ユリイカ責任編集

「something」は従来の詩誌やアンソロジー、同人誌とは異なる考えにもとづいて編集制作された新しい詩誌。参加している詩人は、ベテランから新人まで、執筆依頼した多様な詩人たちだ。詩を五篇とエッセイで構成することにより、作者の生き方をより深く伝えている。

本体1000円+税 ISBN978-4-86385-369-0

バックナンバー 詩誌『something2〜28』

出版目録2019.9

」澤西祐典／著

パークビル501号

u.com

困っているのだ。雨もたくさん降った。とにかく予定を入れた方がいいのかな。時間が経つ、今はそれだけで助かるのだけど。

9月3日

　暑い中、汗をだらだら出しながらトイレにこもる。なんでこんな惨めなのか。涙も出る。しかし、求めているものは出ない。とにかくそろそろ普通に出てくれないものかな。

　夫が他人に怒りっぽくなっている。職場の愚痴が刺々しい。私は私で、昔の音楽テープを繰り返し聞いて現実逃避していた。どちらもあまりほめられたことではない。

　そこで、ぐうたらすることにした。すると夫もなんとなくぐうたらし出した。それがいい。のんびりしよう。最初の流産の時は、回復するにつれて、夫が私のことを特別扱いしなくなるのがなんだか寂しかったなー。

9月4日

　とても暑い夜。夕食に仕込んだスパイスカレーが上出来。いい日だった。四国の宿の手配もした。10時に寝た。そして、夫にまつわるいやな夢を見て起きた。階下でまだテレビを観ていた夫のところに行った。夫の骨張った固い膝枕は全然気持ちよくなかったけど、どこにいるよりも安らいだ。

「小夏の絵本を作りたいね」

　夫が言った。明日こそいい日だ。

9月5日

　入稿迫りバタバタ。ホームページを作ることにした。ブログはやっていたのだが、業務内容をしっかりと盛り込んだものを作ろう。小夏のことも少しずつ書いていく。

「もう心から笑えることはないのかもな」

　夫が言う。そんなはずはないよ。それは小夏も望んでないよ。

「前のブログも小夏の産まれるまでのところ

の下りを消すか」

消さんよ。今までのブログも今作りよる新しいホームページも、同じような境遇の人たちの心のよりどころになるんだよ。私だっていろいろ助けられたんだよ。

「そうか。そうだな」

9月6日

朝、お腹の右側が少しきりきり。左腰はその後痛まない。今日は入稿。ホームページの打ち合わせでKさんが来た。

私の出産予定日と近い日に予定日を迎える友人Mは無事に産んだのだろうか。彼女とは小夏を亡くす前にランチに行った。連絡はない。私が気を遣わせているのだ。

明日はN病院の診察。退院のときに予約した。そのために調べ物をする。亡くなった原因、今のこと、これからのこと、気になること全て。もうN病院に行くこともないだろうから。小夏が産まれた現場に立ち会った先生にできる限りの話を聞いておくのだ。

9月7日

夫が珍しくランニングに出かけた。

「ただ走りたかった」

のだそう。「千束」で鯖の味噌煮を食べ、N病院へ。待ちに待った診察のはずだが、気乗りがしない。あの場所へ行くのが恐いのだ。夫が走りたくなる気持ちもわかる。

しかし行ってみれば、N病院は暗くて古いけどとにかく大きな病院で、産婦人科でも妊婦さんだらけじゃない。普通の産院じゃなくてよかった〜。内診、超音波ともに問題なし。

「明日から全く普通の生活をしていいです。お風呂も温泉もパーマも運動もいいです」

その後、夫が入室。

「夏子さんの場合、不育症※16の心配はないでしょう。一度目が繋留流産で、二度目が死産ということになりましたが、どれも偶然が重なって起きた不幸と言いますか、習慣性が見られないからです。死産でよく見られる臍帯過捻転[※17]でもないですね」

　偶然……。偶然と言われても……。

「解剖の結果が出たらご連絡をします。ただ、直接の死因はわからないかもしれません」

「ああ、はい。それは解剖の前にも言われてましたから」

「それと、ひとつ気になったことがありましてね。へその緒の付け根のところがぶよぶよとしていたんです。これはあまり見たことない症状でしたね」

「はあ」

「その辺りも検査に出していますので、何かわかればいいのですが……」

　要は、習慣性がないから、小夏が亡くなった直前のお腹の中へタイムスリップでもしないと、原因の究明は難しいのだ。手の打ちようがない。私や夫にとっては一生に一度でたくさんのひどい事故だったが、先生の口調は普通だ。しかし、治療すべき症状がないわけだから、先生にとってはそんなものかもしれない。もう一度流産すれば真剣に調べてくれるのかなあなどと考えてしまう。これでは不安は増すばかりだ。

「一応、リン脂質[※18]だけでも調べてもいいかもしれませんね」

　解剖の結果が出てから、またあの産院へ行って近所の大学病院の先生を紹介してくれることになっている。

9月8日

　はりきって散歩。とても気持ちがいい。先生のお墨付きがもらえたからだろうか。自分の身体は本当に大丈夫だと思いながら歩くのは、深呼吸する空気もおいしい。しかも、1カ月近く悩まされた便秘が解消した。文字通り、体が軽くなった。ハハハ。

念願のハンズマンへ。楽しい！

9月9日

ユニクロで買い物をしていたら、頭が真っ白になった。小夏を産んだ瞬間のことが突然頭の中にやってきて私の動きを止めた。どうして小夏はいなくなったのか。どうして小夏はいなくなったのか。どうして小夏はいなくなったのか。フラッシュバック。

9月10日

午前中仕事。午後から北九州の友人Sが来福。大学時代に遊んだ町で落ち合ってのんびりと過ごした。アルバムも見てくれた。お金は遠慮した。友人Cからメール。Mが無事に出産したことを知らせてくれた。ありがとう。

9月11日

だれかのおめでとうの席にはいたくない。

9月12日

小夏の初の月命日だ。朝、桃を食べた。お通じがなくて、トイレで泣いた。

油山に登る。油山自然の森へ着いたところで、目的地であるその奥の「もーもーらんど」が定休日だということに気がついた。仕方ないので、小さな売店でアイスを食って帰った。ずいぶん歩いて気持ちよかった。帰って昼寝。夕食はれんこんの胡麻煮、ひじきと切り干し大根のサラダを作って、蒸し器でシューマイを蒸す。炊き込みご飯とビールと「吉蔵」のどら焼きも食べる。そしてたくさん泣いた。そんな1日。

9月14日

夜、ブックオカ[※19]の打ち合わせに参加。いろんな人に会った。でもまあちょっと疲れたかな。10月からいろんなイベントが動き出す。せっかく仲間入りさせてもらってるので、できるだけ楽しみたい。

9月15日

唐津へ行った。

気分転換ができれば、と思っていたのに、家から離れれば離れるだけ哀しくなった。最近、昔の懐かしいものばかりを追いかけているような気がする。そういうのダメよ。

いい天気でものすごく暑かったけど、とにかく歩いた。海がよかった。

「洋々閣」の玄関にたどり着いたときに、携帯が鳴った。大学の時から夫婦でずっといっしょに遊んできた友人からだ。お悔やみの言葉をもそもそとつぶやいたのが彼らしくて笑ってしまう。皆、それぞれのやり方で、私や夫を気遣う。青空の旅の途中でかかるこんな電話は特にうれしいと思う。

仲居さんに「おめでたですか」と聞かれる。まだ腹が出ているのだろう。まあ、もともとスリムな体型でもない。とても感じがいい仲居さんだったので、いやな感じはしなくて、あやふやにしておいた。妊婦さんと思ってくれるなら、それでもいいような気さえした。妊婦プレイ。後ろ向きだなーーー。

部屋に落ち着いた途端に嵐。外は暴風雨。めちゃくちゃ好みの大正建築に守られた、暖かい部屋との落差に安堵した。ここは守られている。あら炊きがおいしかった。

9月16日

朝起きてため息が出る。何をするにも時間がかかる。「えいやっ」と思わないと何もできない。何を見ても何をしても小夏を思う。

昨日より更に蒸し暑い唐津を歩く。途中、夫がすごくきつそうだ。体が、というのではない。気持ちがきつそうなのだ。そういうのが怖い。ずっと元気でいてほしい。
たくさん買い物をして、帰宅。やはり家は心地いい。

9月17日

いやな夢を見て、それに打ち勝ちたくて、散歩、ロングコース。汗をかいて気持ちいい。夫がまだきつそうで、寝てしまったので、がんがん掃除。体を動かす。

9月18日

午前中仕事。明日の打ち合わせ、準備。
夫が少し元気になった。私は家で仕事をしているが、夫は毎日職場で大勢の人に囲まれている。それも辛いと思う。それに、夫の仕事が忙しくなってきたみたい。「子どもを亡くして」という免罪符も、職場では長く使えない。夫は、そういう全てに耐えているのだ。

9月20日

朝、普通コースを散歩。いやな夢を見た。闘いたい。腹筋をするけど15回が限度。どうなっとるのだ私の腹筋は。
今日は猛暑日。もう一度小夏を探したい。私は33歳だ。あとどれだけの時間が残されているのだろう。まずは、排卵と月経を正常に戻そう。死産してからも変わらず基礎体温を測っている。これが、小夏を探す旅への大切な切符になる。はずなのだ。

9月21日

今日は出産予定日だ。だが、どうということはない。今日に限らずいつも悲しい。
大上夫妻[※20]に子どもが産まれたというニュースが、今日の私に力をくれた。夫は残業続き。0時前に帰ってきた。疲れている。今日という日に抗うように闘っている。
新しい本の企画書を練る。

9月23日

夫が仕事なので1人で糸島へドライブ。夜

は夫とカラオケ3時間。喉がガラガラだ。

9月24日

野球を観ながら栗をむいて栗ご飯を作る。

1人で店に入るのがきつい。もともと長浜の汚いラーメン屋だって大丈夫だったのに。なんだこれは。不自由でたまらない。

9月28日

昼から四国旅行の手配にＪＴＢへ。待ったあげく切符は1カ月前からしか取れないとのこと。なんじゃそりゃ。「鈴懸」で栗のデザートを買う。コレだよ〜。白い蕎麦猪口に入ったかわいくてウマいやつなのだ。

トモキさんのワインと炭火焼きのお店「イルフェソワフ」へ。大将とともに糸島で畑もやっている。夫は大将と自然農の川口由一さんの話題で盛り上がっている。トモキさんは、以前私が料理の仕事でいっしょに働いていた人だ。お店で自分の料理したものを出してるんだな。すごいな。おいしかった。ワインをたくさん飲んだけど、ノックオカのイベント搬入に行く。終バスで帰る。

9月29日

夫の蜂アレルギーの検査[※21]をしてもらったあと、平和の「長崎阿蘭陀珈琲館」へ出かけた。私はちゃんぽんと珈琲とモンブラン。夫はナポリタンと紅茶とシフォンケーキ。「ここいいね。いつか家族で来たいね」

夫が言った。おおお。

9月30日

朝、小雨。散歩はお休み。だるい。元気が出ない。夫は町内会の掃除に出かけた。えいやっと。私は家の掃除。いろいろやってたら元気が出てきた。細かいところも模様替えなどする。昼はおから煮やキビナゴ、ちまきなど。午後も掃除。夜は畑でとれたゴーヤチャンプルー。うまい！

10月2日

清水の「ユーハウス」で小泉誠展を見る。ほうろうの鍋を注文。ボンラパスで栗を買って帰る。昼食はブリ大根、おから、ツルムラサキのナムル。夜、イカと野菜の煮物を作って、キビナゴも煮て、渋皮栗を煮る。10時近くまでかかった……。風呂に入って寝る。

1人であちこち行って楽しかったのに、夫が帰ってきて2人になったら、さびしかったことに気がついた。1人を楽しめなくなってきている。こんな自分はいやだ。

10月3日

近所の人がお腹の凹んだ私を見て
「あ、産まれたね?」
と聞いてきた。ヘラヘラ笑っていたら、察してくれたみたい。何かすんません。

10月4日

石風社でブックオカの打ち合わせ。

朝食を焼いた芋と牛乳で済ませてお茶を飲んでいたら、仕事に出かける前の夫が泣いた。今、自分たちは弱っている。ここが多分、私たちの人生の折り返し地点だ。

N病院から電話。解剖の結果、死因はわからなかった。出産育児一時金[※22]の振込あり。

10月6日

37度越え。高い！ 排卵してる！ ぐっと嬉しくなって、すぐに起きて柔軟体操をした。しかし何かおかしい。ぼーっとしている。頭痛、腹痛、悪寒、暑い。肌にあたる衣服が痛い。

今日は友人が来るし、明日は実家に帰る。弟夫婦が帰福しているのだ。これ以上みんなに気を遣わせたくないので、簡単に予定を断りたくない。それにしてもひどい体調だ。めったに飲まない頭痛薬を飲む。

今日訪ねてくれるのは、高校時代からの友人3人、気のおけない人たちだ。ゴーヤを胡麻和えにして、インゲンと生マッシュルームのサラダを作って、高野豆腐とサツマイモを煮て、椎茸を煮て、鶏団子とゴボウの鍋を仕込み、玄米を炊いた。う巻きを作り、セロリとニンジンをナンプラーの酢漬けにし、キビナゴを甘く炊いた。なめたけは常備菜。デザートは黒糖のシャーベット、黒豆と栗の渋皮煮添え。

　友人ら全員がものすごい気を遣っていた。そうか。私は今回そういう役回りなのだ。当然か。なにしろ1カ月前に死産したのだ。

　デザートを出してしばらくしたらお腹が痛くなってきて、座っているのがきつくなった。みんながいつものようにガールズトークに興じているのをぼんやり聞きながら、横になったりうとうとしたりする。

　20時過ぎ、お開き。出血していた。悪露もとっくに終わったのに。このショックは久し振りで、ゆるやかに、確実に私を揺さぶる。片付けもせずにそのままばたんと寝た。

10月7日

　お腹が激しく痛い。20分くらい激しく痛み、その後痛みがおさまるという繰り返し。これはなんなんだ？　下痢をしても痛みがなくならない。痛みと無痛の波が陣痛を思い起こさせて、パニックに陥る。夫が心配している。

　痛くない時を見計らってなんとか車を運転して産院に行ってみたら休み。日曜日だ。運転席で動けなくなってしまった。夫がインターフォンを押して人を呼びに行った。気が遠くなる。痛みの合間に眠気が襲う。

　戻ってきた夫は怒りに震えていた。今まで見たことないくらいに。病院の対応が悪かったと激しく怒っている。

「病院を変える！」

しばらくして看護師さんが来た。明日遅くならないと先生が戻らないとのこと。

どうしようもない。また痛みがおさまったタイミングを狙って家に帰った。夫は怒りを露わにしたことでかなりへこんでいた。

「俺、母子手帳を床に叩きつけてしまった。こんなに痛くて苦しんでるのに、こないだまで小夏を診ていたはずの病院がすごい冷たくて、あんまり腹が立って」

夫が苦しんでいる。

「でも、大事な小夏の母子手帳をそんな風に扱うべきじゃなかった」

私が夫を苦しめている。

痛みが落ち着いてきた。予定通り実家に帰る。母の台所を手伝っているとまた痛くなってきた。しかしわざわざ死産のことをアピールしているみたいで言えない。弟夫婦も心配して顔を見に来てくれたのだ。

夜も寝られない。これは朝起きたら治ってた、みたいなのじゃないのかもしれない。

10月8日

朝方4時、父と夫が近所の大きな病院の夜間救急へ連れて行ってくれ、精密に診てもらった。診断は急性腸炎だった。便がたまっていて、大腸の壁が分厚くなっていて、そこに菌が溜まっているのだという。腸が動くたびに菌の溜まりが痛む。それが20分間隔なのだそう。柔らかいものを食べて、整腸剤を飲んで安静にすること。

帰ったら母がおかゆを作ってくれた。うまい。母の炊くおかゆはキラキラしている。どうやって作るのか聞いてみたが、

「適当たい」

母の返事はいつもこんな感じ。

10月9日

家に戻り産院で診てもらった。不正出血

は腸炎の影響。腸炎が治ってから止血剤を飲むことになった。

10月10日

昼過ぎに書肆侃侃房に行って『福岡喫茶散歩』の刷り上がりをもらった。何というか、今までやった仕事の中で一番満足のいく出来になった。著者の小坂さんも来られた。書肆侃侃房の田島社長もすごく喜んでいて嬉しい。

それから薬院の「スリービーポッターズ」へ。イベントの準備をしていたら、アートディレクターの有山達也さんがキラキラして登場。新刊を何冊か配って打ち上げ前に失礼して、夫とうどんを食べに行く。かけうどん。チチヤスヨーグルト。帰って寝る。

10月11日

やっと明日は二度目の月命日。長い。すごい長く感じる。出血は少なくなってきた。

こないだ「産まれた？」と聞いてきた近所の人がお菓子を持ってきてくれた。わざわざ百貨店に行ってくれたみたいだ。何かホントすんません。私、迷惑かけてる……？複雑だが、自分のことを思ってくれていることに、素直に喜ぶことにする。

10月13日

飯塚へ小旅行。

10月15日

天神の町のパワーや思い出にやられてペコペコにへこむ。いやな妄想だけがアタマを支配する。もうだめじゃないかと思う。

10月16日

今朝は体が軽い。前だけを見る。一つひとつを淡々とこなしていく。それ以外は考えない。強く、シンプルに。なんでもできそうな気持ちを信じる。疑わない。

近所の自然食品店「自由農園」へ。元気

になったかと聞かれた。なったよ。こんなに前向きなんだから。
　夕食は、イカとジャガイモの胡麻煮、豆腐のみそ汁、ご飯、納豆。キュウリの甘酢漬けを作りおく。

10月17日

　また同じことが起きるかもという心配は尽きない。何度も事故に遭うこともないだろうと考えるしかないな。元気な赤ん坊を産みたい。絶対。
　夫まだかな。

10月18日

　ブックオカのメインイベント・一箱古本市に申し込む。

10月19日

　西通りの「コーダ」へ。ブックオカのイベント「大人の朗読会」は熱気むんむんの怪しいイベント。楽しかった〜。22時半過ぎに終わって仕事終わりの夫とバスで帰る。夜の天神、気持ちいい。

10月22日

　人間ドック。健康、健康。

10月23日

　中川ワニさんの珈琲教室に参加する。すごくおいしいんだけど、珈琲3杯はやっぱきつい！　書肆侃侃房で定食本の打ち合わせ。石風社でブックオカの最後の打ち合わせ。

10月26日

　気分が重い。ゴロゴロ。古本を磨いて値付け。ドラマを見ながらスリップを書く。50円がほとんど。

10月27日

　7時半、けやき通りへ。古本市では一応担当が割り振られるので、店番は夫に任せて、見回りしたり荷物持って走り回ったり。『ぼくらのいえ』の読者の人が来てくれた。

10月28日

トモキさんの店で1時間みっちり撮影して、打ち合わせ後、大将に図書館まで送ってもらう。貸切バスの待ち合わせ場所。早良区の山奥の「みはる荘」でブックオカ打ち上げ。

　バスは臭いし、子どももいて最初はキツイなーと思っていたけど、結局すごく楽しかった。果てしない地鶏コースも笑えたしおいしかった。もうこれ以上食べられないってところで唐揚げのてんこ盛りとクリスマスチキンなんだもん。笑うわー。温泉もみんなで入ってぎゅうぎゅうだったけどよかった。

10月29日

　朝、スープとヨーグルトと塩豆大福。昨日体温が下がったが、今日上がった。今度こそ排卵してるといいけど。昼はご飯とカボチャの煮物とスープの残り。夕食は大根ご飯と豆腐とめかぶのみそ汁。夫には昨日の「みはる荘」の鶏の唐揚げ。

10月30日

　朝、干しエビと野菜のスープ。やはり昨日から体温が高い。今回はもしかして、という気もする。別に妊娠したわけじゃないのに、最初の生理が来る頃からもう次の妊娠生活がはじまっているみたいでちょっときつい。

　夕食はおからとサトイモの煮物を作って、キビナゴも煮て、あとは残り物の1日。

10月31日

　朝、大根ご飯、おから、ヨーグルト、みかん、吸い物。体温高い。山本文房堂で紙を買って、キャナルで映画『ヘアスプレー』を観た。おもしろかった！　かっこよかった！　前向きな気分になった！　サントラも買っちゃった。

11月5日

　体温高い。明日のおでんを仕込む。

人間ドックの結果。子宮体癌の検査が必

要。次から次にいやな話だ。指のちょっとした火傷までイライラしてくる。「家庭の医学」を読んでみた。多分大丈夫とは思う。しかし流産死産、頸管無力症と、すっかり確率というものが信じられなくなっているので不安になる。テレビを観たりしてごまかす。

11月6日

朝、体温が下がり生理が来る。そうか。この気分の落ち込みは生理だったのか。納得。

9時前には産院へ。ホルモンチェック。検査は1週間後。祈る。すぐに帰って寝る。自分が子どもを産んで育てている夢を見た。男の子だ。名前は「くじら」。昼前に起きて、キビナゴの甘煮と納豆汁でご飯にする。

食後、本を読む。出産や夫が死ぬ話など、いやなことだらけだ。テレビで立ち直る。必ずどこかでお笑い番組をやっている。私のお気に入りは「笑っていいとも」。タモさんはクールでシュール。この人はお笑いの人なのに、あまり笑わない。本当におもしろいと思ったときだけ笑う人だ。

今日はおでんだ。おでんの日は気持ちが安らぐ。もうご飯ができてるという安心感か。外は寒いのに、ウチはおでんだからぬくぬくだぜ、という優越感か。とにかくうまいという喜びか。10時前に夫が帰宅する。今日はおでんだよ!

11月10日

朝、突然腰を痛める。がっくりくる。腰が痛いとやる気が起きないんだよ……。じっとしているのがいいんだろうけど、このままだと気が狂いそうなので出かける。やけくそだ。今日はどうしてもハンズマンに行きたいんだよー。

芝生を買った。帰りに鍋の材料を買ったけど、腰が痛くて調理する自信がないので「辻が花」でお弁当も買って帰る。するとおだやかな気分になる。ウマいもんを作る元気がなかったのだね。帰って弁当と大福。腰には風呂だね。ぬくぬくだよ。

11月12日

朝、鼻がずるずる。ノドも腰も痛い。なんとか昨日の鍋で雑炊。

シチューを作る。気合いを入れたが失敗した。まだワインのアルコールが抜けない間に仕上げてしまった。むむむ。牛乳を足したり、こないだの鶏のあんかけを入れたりしてごまかした。夫はニコニコして食べている。

11月13日

どうにか前を向いて行きたい。けれど前ってどっちなんだろう。私が今向いている方で本当にあっているのか。薄いベールみたいなものがかかったみたいな毎日だ。

昨日が3回目の月命日だった。忘れていたけど、小夏のことはずっと考えているから。

子宮体癌検診は異常なし。よかった〜。もう悪いことがひとつも起こりませんように。

11月15日

いよいよ秋が色濃くなった。

新幹線で岡山まで行き、マリンライナーに乗って瀬戸大橋を渡り、高松へ。うどんを食べて、すぐに小豆島へ渡り「島宿真里」へ。翌日は高知まで電車でのんびり行って、四万十のお膝元である中村市で一泊。翌朝四万十で川を下りその日の夕方には高知に戻った。最終日、市場をひやかして福岡へ帰った。

あれからいろいろプチ旅行へ出かけたけど、そのたびに小夏から逃げてるみたいだった。でも、今回は少しちがった。逃げてる感じはしなかったし、いつもきちんと思い出すことができた。道中夫も私も何度も泣いたけど、旅に元気をもらった感じがあった。美しい景色を見た。

小夏を残して私たちだけ先に進むことは罪ではない。思い出さない時間を充実して過ごすことは罪ではない。そうだよね、小夏。

小夏を失って何か事態が複雑になったということはないのだ。私はただ、娘を失った母親だ。

次にお腹の中で出会う新しい人は小夏ではない。名前も変えよう。みんながいい名前だと言ってくれたことを覚えておきながら、新しい名前を考えられたらいい。

新しい病院へ。く泣き笑い、そして静かで惨めな午後

12月から3月

12月4日

朝、夫の枕の位置がいつもと逆だったのは、月を見ていたのだろう。いつもの位置では、昨夜の美しい月が見えなかった。それから夫が久し振りにブログを更新した。

検査結果を聞きに産院へ。ホルモンチェックと血液が固まりやすい体質かどうかを調べた。特に異常なし。大学病院の紹介状を書いてもらう。さようなら、先生。いろいろありがとう。帰ったら母から電話。取引先からも電話。心配かけてるなぁ。

12月5日

体温高い。昨日のグラタンのたねをつかったカレースープにする。大名の「ツンドラ」で打ち合わせ、スタバで別件打ち合わせ。「山本文房堂」で紙を見る。「ユザワヤ」で布を買う。ツバメノートも買った。年始からアナログ日記をつけることにする。何か新しいことをしていかないと気持ちが前に進まない。

12月6日

体温下がった！ 朝食に野菜スープ、ヨーグルト、豆、キウイ。昼ご飯はスープの残りとクラッカー、キリチーズ。夕食はサバの味噌煮、白菜と豆腐の汁、納豆、ご飯。年賀状の準備をして帽子作りに取り掛かる。

12月7日

生理。地震、雨。腰が痛くて横になる。ライブ。はじめは後ろの方で見てたけど、なんかもったいなくなってどんどん前に。楽しかったなあ。がんばろっと。

12月8日

ものすごいアクティブな夢を見た。運動会で何かの競技に出て、ぶっちぎりで優勝だ。わーい強いぞ！ 夢の中でもどんどん前向きな気持ちになって、がまんできなくなって休みなのに6時に起きた。こんな気持ちで寝ていられない。家事をわしわし済ませ、餅を食い、廃品回収の準備。出かけていろいろ用事を終わらせ、家に戻って掃除をした、裏の木をガンガン切った。玄関に箒をかけるための釘を打った。夜は鍋。

12月9日

今日もがんばって掃除、うどんとまんじゅう食べてまた掃除。気になることをどんどんやってしまう。テレビを観ながら恒例の年賀状に載せる石粘土の人形を作る。丁寧に作った。小夏を思うとなぜかいろんなことがきちんとできる。

12月10日

夫がまた1階のコタツで寝ている。もー。パンと和風野菜スープ。昼は中華おこわに、野菜スープ、ツナとセロリのサラダ、ブロッコリーとインゲンの胡麻和え。夕食はひじき、スナックインゲン、ご飯、納豆、ミルクティーと回転焼き。仕事。

夫が帰ってきたが、親しい仕事仲間と飲んでものすごい泥酔！お仲間から電話がかかってくるほど。珍しい。

12月11日

大学病院へ行く。家から車で8分。敷地内に花屋やら果物屋まである古くて大きな病院だ。体重身長測定、若い先生の予診。

それにしても、診察の予約には苦労した。紹介状はあるけどまだ妊娠してないし特に疾患もない私が「予約を取りたい」と電話すると、受話器の向こうにいる人はしごく冷たかった。忙しいのだろうか。それとも、もともとそういう物言いをする人なのだろうか。はっきりとは言わないけど、私がここで診てもらう必要があるのか、を問われたような気がする。「まあああ！臨月前に死産ですか、大変でしたね、すぐにお越しください」くらい言ってくれてもいいのに、みたいな「おごり」がある。被害妄想だろうな。

という、ここに来るまでの経緯があったし、夫も疑問を持っていたようで、診察までの待ち時間に少し口論をした。その日、私と夫の間には温度差があった。夫は、

「妊娠してないのに何を診てもらうわけ？」

と言う。私が

「産院の先生が〈妊娠する前にいくつか検査を受けた方がいい〉って言ってたやん」

と言っても、居心地が悪そうに不機嫌顔だ。

いいじゃないか。私は不安なんだよ。少

しでも早く専門家にお墨付きをもらいたいんだ。「産めるよ」っていうお墨付きを。

私たちは待合室の外れのソファで静かに言い争いをした。日頃ほとんどケンカをしないのに、どうしてわざわざこんな日にこんな所で悲しくすれちがうのか。私は泣いた。こそっと涙をぬぐっていたところを、診察に呼ばれた。

産院の先生おススメの先生だ。周産期医療[※23]が専門という。これまでの経緯、今後の方針。まずは妊娠のしやすさ／しにくさの検査をすること。産院でやったものと同じだが、もう一度するのだそう。最後に言われた。

「まだ少し不安定なところがあるようですから、もう半年くらい待ちましょうか。まだ33歳ですし、さらに2人目を考えるとしても、そんなに遅くはないと思いますよ」

うーん。泣いたのがバレたか。失敗した。

それでも、おおむね安心することができた。ちょっと一歩進んだような感じがした。

西炯子を読む。いいなあ。

12月13日

朝、みそ汁とヨーグルトとパン。仕事する気が全然おきない。どうにもこうにも。困ったナー。寝る。昼はブリ大根の残りと納豆。

帽子を作る。リバーシブルのチューリップハット。作りながら途中で被ってみると、小さくて入らないことが判明。頭のデカさが恨めしい。そのまま仕上げる。ヤケクソ。

西通りの「マンジャーモ」へ。結婚10周年だ。懐かしいコース料理を堪能。これからも、めそめそしながらがんばるぞ!

帰って、なぜかまた帽子、2つ目を作り上げ、これをいつか産まれてくる赤ん坊にかぶせることにする。願掛けだ。

12月16日

ほんの少し出血。義兄家へ。甥っ子がもう赤ん坊とはいえないサイズになっていた。でも抱っこはしないでおく。西南河畔の森公園で年賀状人形の撮影。夕食は海鮮チゲ。モンブランとお土産のちんすこうも食う。

帽子を作る。今度はすごいデカイ。誰が被るのか。かわいいんだけどな。年末年始が近づいている。友人たちのベビーに会う自信がない。

12月17日

昼前に出かける。天神で宝くじを買う。ほとんど買ったことがないが、今年は死産やら何かと低い確率に大当たりだったので、やけくそで。

12月18日

帽子を作る。途中ミシンの調子が悪くなるが、ちょうどいいサイズの帽子完成。

12月21日

病院に検査結果確認の電話。異常なし。いろいろ聞きたかったけど、結果以外は聞けないみたい。やっぱ電話って冷たいな。

いや、前向きにいこう。いちいち傷ついてないで。まずは、せっかく日記をつけているのだから、前回までの経緯をきちんとわかるように書類にしておこう。投薬のタイミングとか、出血があった日のこととか。具体的に今できることをひとつずつ。

12月23日

わっさわっさ大掃除。夕方カレー。ウマイね！Ｍ1観てレッドカーペット観て寝る。

12月24日

「ブーランジェリー・レスト」で雪だるまの形のかわいらしいパンを買ってくる。クリスマスケーキも買った。一応チキンを焼いて、サラダとオニオングラタンスープも作る。２人で昼から酒を飲んで２人でしょぼくれていた。夫は疲れていたのか寝てしまった。でも多分、落ち込んでいるのだと思う。私も似たようなもんだ。さえないなあ。

12月25日

美容院でパーマをかける。どのくらい劇薬なんかなー……。バスでいくつか年末の挨拶を済ませてから友人たちと港の「築石」へ。ねぎま鍋。いい店だった。

12月27日

昨日もちょっと体重が減っていた。すぐに病気?と気になるが、よく考えたらまだ1キロしか減ってない。壁だっただけに、大きく減ったような気がするだけか。

12月28日

東京に住んでいる後輩が訪ねてきてくれた。帰省中の大事な時間を割いてくれて申し訳ない。みんなに心配をかけている。六本松の「はやし薫」で鴨肉のハヤシライスを食べて駅まで送って、夫を拾って帰る。

12月29日

こないだスーパーで華やかなお正月モードの売場を見て、やはり何か作りたくなった。毎年しっかりお重を作って実家へ行くのに今年は何もないじゃあ、すねてるみたいでみっともないじゃないか。畑のキンカンも煮よう。深夜カラオケに行ったり、「すべらない話」を観たり。年末もいいものだ。

12月30日

いよいよクワズイモデザインルームのホームページ公開にむけて原稿を書く。考えるのにすごく時間がかかるけど、それでいい。一晩寝かせないとね。

12月31日

夫は友人たちに会いに行ったので掃除をはじめる。夕方、夫が無事に帰ってきた。よかった。すき焼きを作って食べる。乾杯!

くすん。

紅白を観ながら簡単におせちを作る。年が明けてから寝る。

1月1日

やっと2007年が私たちの前から去って行った。喜びの8カ月と悲しみの4カ月。やれやれ。本当にやれやれだ。

おせちを詰めて昼前に夫の実家へ、夕方から私の実家へ行った。どちらも市内。

玄関から「いやいや〜」なんて言いながら大きな声で元気に年始の挨拶をする。全員が「待ってた」感じ。弱みを見せたくない。皆、気を遣っているのが辛いけれど、それでも私たちのことを心配してくれている人たち。昔話をしたり将来の話をしたり。

1月3日

朝、餅を焼く。この休みはとにかく寒い。

夜、イチローの特集を観て気合いが入った。まずは、身体を作ろう。もう4カ月だ。自分だけを見つめることに集中する。だれかと比べても仕方がないのだ。

1月4日

夫、出勤。生理がはじまり、いろいろやろうと思っていたことをまずは簡単に断念する。ムリはしない。できなかったことで自分を責めるのはやめよう。寝る。

1月5日

1日中寝た。夜は豆乳鍋。

1月6日

そろそろ、眠たくなくなってきた。

1月7日

仕事始めの朝。産休育休という意味で休みをもらっていたレギュラー物件が再開する。この仕事をこの状況ではじめなければならないことに少し絶望する。「元気な赤ちゃんを産んで戻ってきてね！」ってゆー感じだったんだよな……。フリーなのにクライアント直々にお気遣いまでいただいたのに……。

大丈夫。前向きに。

先のことを考えると途方もなく不安になる。けれど、子どもを作らないと絶対後悔する。なら立ち向かうしかないのだ。

1月10日

訪問者。子どもが生まれたという年賀状をくれた知人。仕事で近くまで来たと玄関先で恐縮している。近くの和菓子屋で買ったまんじゅうを持ってきてくれた。

「知らなくて。……亡くされたことを。……不用意な賀状を出しまして。すみませんでしたホントに」

そんなことをぶつぶつと言いながら辞していった。ハハハ。別にいいのに。気にしてないのに。いつもヘラヘラしている、人当たりのいい彼のそのヘラヘラが、残像のようになって、昼間の私の孤独をやわらげた。

私たちが迎えた不幸に際して、友人知人、さまざまな反応を見せる。その人の人柄が出てる。いろいろにありがたいなと思う。3時に1人でおいしくまんじゅうをいただいた。

1月12日

ストレッチをはじめる。18時前のローカロリー食事を目指す。

1月16日

朝、ブロッコリー、パン、黒豆、ヨーグルト、伊予柑、かんころもち。排卵が少し早い。午前中仕事。昼はサンマとおにぎり、みそ汁。ウォーキング。帰って仕事、夕食は餅と納豆と黒豆。まめまめだ。夫のサンマを焼いて、セロリとジャガイモのスープと、明日のお昼用にサンマの韓国煮も作る。

白花豆も煮た。ものすごくふわんとうまくできた。こういうときになんかうれしい。

小夏が見ている気がするのだ。

1月17日

1万歩超える。

1月22日

朝、柔らかく茹でた野菜にゴマだれ、パン、ヨーグルト、牛乳、「吉蔵」。ゆっくりかんで食べる。雨の中、レインコートでウォーキング。ちょっと修行っぽいな。でもがんばる。昼は昨日のスープににゅうめんを入れて。昼寝、起きて仕事、夜のシーフード豆乳スープを作りながら、「白い巨塔」を観る。

なんか夫がみるみる元気がなくなってきて焦る。どうやら私が何かしでかしたわけではないみたい。

1月23日

朝、まだ夫はふさいでいる。地下鉄まで送ればよかったかなと後悔する。

仕事が終わらない。しかも寒いし夫は元気ないしで、飲み会に行く気持ちがしない。やーめた。夜はうどんと鯛焼きを食べていたら夫が帰ってきた。元気になっている。ちょっとはかない気持ちになったみたい。そうだよー。わかるよー。夫がいてよかった。

1月26日

岩田屋の博多うまいもん市！夜は「金魚」でモツ鍋。そのあと「パロマグリル」でフォンダンショコラ。やばいだろ！

2月1日

歩く。映画を観て、柳橋でパンを買った。三越と岩田屋を見て、太巻きの美味しそうなのを買う。日曜の汁物に使う肉類とレバーも。今泉の「クオカ」。薬院の「クロワッサンのお店」で友人の誕生祝いに「飯びつころりん」を買う。めちゃくちゃ重い。最後に赤坂の「ファーム」。歩きたいだけ歩けることをありがたいと思うことにする。

夫も私も、兄弟がいてよかった。親に孫ができないかもとか心配しなくてもいいから。これまでそんなこと考えもしなかったけど。兄弟ってそういう意味もあるのかー。

2月3日

日曜。両親がテレビを観に来た。家にしか入ってない衛生番組で観たいのがあるとか。2時間ほどで帰った。やっぱ、心配されてる。

2月24日

グッデイへ砂を買いに。夫の畑熱。春だ。

3月4日

夫と天然酵母のパン教室へ出かける。帰りに、キャナルで映画を観る。『ガチボーイ』。「ヌワラエリヤ」でがっつりビールとカレー。

3月12日

花粉症〜〜〜。ひどい。散歩も行けない。仕事でダメ出し、かなりへこむ。散歩できなくて鬱憤。

3月13日

母とドライブ。薬院から石釜方面へ。夜、映画『うどん』。

3月14日

映画の影響で「麺通団」へ。

3月19日

自分を哀れむのって疲れるのな。

3月28日

長崎旅行。旅行から帰ってくるとしばらくきつい。旅行に照準を合わせて何とか生きてるからかな。夫は異動が決まり、気合いが入ってる。新しい環境で新しい生活がはじまるというのは、ワレワレのような状況の人間にとっては救いでもある。少なくとも、「かわいそうな人」というレッテルはもうない。

3月31日

今日はとにかく朝からごろごろしていた。リビングのテーブルの足元に寝っ転がって、じっとカーペットの毛足の群を見ていた。普通にさぼっているだけなのに、すごく気持ちが暗い。身体が寒いのか気持ちが寒いのかわからなくなる。静かで惨めで何もない午後。

小夏の影のさきっぽ〜月、煮豆、手紙。

4月から8月

4月3日

ちょっと鼻がむずむずするがロング散歩。やはりやばいか。カレーを食っていよいよ鼻声に。夫には風邪と認定される。

4月4日

朝から寝る。起きてあおさ揚げ卵うどん。しょうが湯とキンカン。やれやれ。仕事、寝る。起きて冷や奴とカステラと牛乳。鼻が少しおさまったか。午後も寝る。

4月5日

午後からデッキで花見。なぜか酒を飲んだり炭を焼いたりしていると鼻がマッタク問題ない。高い凍頂烏龍茶も効く。花粉？

4月18日

とにかく悲しくてたまらない1日でした。どんどん涙があふれてくる。どうすればいいのかなこれ。どうしようもない感じ。

4月19日

パン生地を仕込んでマリノアへ。のんきな妊婦さんや子連ればっかりできついな。何なん一体。どうしてみんなそんなに普通なん。

餃子。「大はら」と「点心点」を食べ比べる。「大はら」の方が好きかも。食べ比べ大好き。夫もノリノリ。ビールも飲んでゴキゲン。

4月20日

発酵完了、焼く。義母がアサリをくれた。

小夏のために買ったものを整理してしまう。部屋に空気を通す。夜はアサリの蒸したの、豚キムチ、サラダ、玄米、しいたけの酒蒸し。

そういえば朝は夫が泣いていた。私はなぜかスマップのマネージャーをしている夢を見た。かとりしんごの。

4月21日

夫は異動の疲れもあるし、小夏のことがあって、このまま先に先に進むことに疲れているのだろう。全然ちがう話をしたりする方がいいのかなとか思う。もくもく仕事。

4月29日

朝から仕事。日曜だけどな。

昼間いろいろ用事を済ませてから夫を迎えに行く。夫は花粉症が復活するし、疲れてて話がなんだかおおざっぱだし。あーあ。

「ハカタパティスリープロバンス」でケーキを買って、赤坂のスタバで珈琲を買って、お濠ばたで並んで食べた。天気の日に寂しくなるのは、みんなが幸せそうだからかな。

元気になろう。当たり前のことなのだ。

5月5日

くるみパンを仕込む。夜はひじきの五目

煮と、筍の煮物を作って、絹さやと揚げの卵とじ、納豆、ご飯。アジの開き。

5月6日

夫は朝から畑仕事に精を出す。パンを焼く。大成功。夜はグラタン。

5月10日

仲間と飲み会。気が重くて、本を買ったりパンを買ったりカフェで時間を潰してみる。しかし自分のキャラを考えると明るくする以外に考えられない。だいぶ遅れたけどお店へ向かった。結果楽しかった。懐かしい人にたくさん会った。カラオケ。深夜。

6月2日

とても揺れている。どうにもコントロールできない。怒りと悲しみの境目がわからない。外の暗闇と自分の中の暗闇が同化している。頭が痛い。

それは被害者意識のようなものかもしれない。でも、だれも、私に危害を加えていない。自分で自分をかわいそうだと思っているだけだ。これが私の弱さのひとつだ。

さあ、生活に戻らなければならない。

6月5日

正念場だ。深夜まで仕事。夫がケーキを買ってきてくれた

6月6日

朝、ケーキ。しあわせ。

6月7日

美容院で着付けしてもらって、かえる展を見てから薬院の「イビザ」でうっちーの披露宴。イビザ、ウマすぎ。いい宴だった。

6月11日

固いゆで卵にはまる。

6月13日

やっと原稿が来る。しかし締め切りは変わらない。やるしかない。

6月24日

ブックオカの書店員ナイトに参加。

6月27日

夫のぱーちーにいろいろ買いこむ。

6月28日

朝、少し仕事してからぱーちーの準備。長ネギのマリネと生ハム巻き。マンゴーとクリームチーズの塩生ベーコンミルフィーユ。ピータンと夏野菜の白和え。貝柱の卵焼き。スペシャル海鮮丼！ そんでイワシ団子の吸い物。デザートはババロア、苺ソースとココナッツメレンゲクッキー添え。紅茶。モエシャンドンのロゼシャンパンと赤ワインを開けて、「レスト」のくるみとレーズンのパンも出す。夫の好物だらけだ。昼から飲み過ぎて寝てしまう。夜中の3時に起きて、片付け、お風呂、寝る。いい日だった。

6月30日

昨日の夜から家の前に車停めといたら駐禁とられてショック。これ駐禁？ なんか貼ってある。ほっとこう。ついでに大学病院に電話して、冷たい対応にショック。こういうときはとりあえず部屋を片付ける。ひじきを煮てマグロも煮付けにする。

夫と話す。とりあえず明日は大学病院に行って、それから考えるか。他の病院も考えるか。

7月1日

とうとう下半期とラジオが言う。ふう。なんとかここまでやってきた。

晴れていたのでわっさわっさと洗濯して、9時前に病院へ。担当医が代わると言われて、あーもうなんでもいいスとか思っていたら、意外と早く呼ばれた。

そして感動した。城田京子先生。全く対応がちがう。女性だから？ 今までのことを話し、これからのことを話し合う。

　私の場合は、特に問題は見当たらないが、あえて言うなら、妊娠中に血栓ができた可能性がなくもないという数値が出ているそう。抗リン脂質抗体症候群（APS）[※24]という。あとは生理がきてから子どもができやすいかどうかの検査をするとのこと。

　内診も問題なし。次の卵子ができてる。

「がんばりましょう」

って言われて、

「これまでもいろいろ考えてがんばってこられたでしょう」

って。泣いてしまうよ。来て良かった。

　血栓対策で妊娠前から漢方とバファリンの服用をはじめる。血が固まりにくくなるという効用がある。ちょっとしたケガなら生活に影響はないそう。ただ薬をいつやめるかの見極めが難しいという。やめた途端に血栓ができたら恐いよね。臨月までしっかりお腹の中にいればいるほど、その判断が難しいとか。

「とにかく、妊娠するまでより、してからの方が気持ちが大変だね」

　先生の深い気遣い。泣いてしまう。なんかもう妊娠したみたいにうれしい。

　会計で偶然友人に会う。彼女は数年前に幼い子どもを病気で亡くしている。これまでなかなか詳しい話もできなかったけど、場所が場所だっただけに、いろいろ話をした。

　何か、いい1日だった。友人を家まで送って帰る。ま、このふわふわの気持ちもあんまり長続きしないんだけどね。と、自分に予防線を張る。いやだね、こういうのも。

　夫に電話報告。国東半島に行きたいね。

　夜は揚げとコマツナの煮物、ばんばんじい。夫がケーキを買ってきてくれた。

7月2日

ま、いろいろ不安は尽きない。

7月7日

朝早く起きて、洗濯。「まどか」のパンと生ハム、キウイのジャムで朝ご飯。仕事。クーラーがこわれているみたい。大開口によしずをかけてみる。昼は鶏ゴボウピラフとキュウリ、プラム、納豆に卵。暑い中昼寝。寝起きはクーラーなしがいいね。仕事。夕食はイカを焼いて、ゴーヤーの胡麻和え、ひじきの煮物。今日は七夕。晴天だ。小夏よ元気か。

7月9日

母に電話。大学病院でいい先生を見つけたことを報告。心配かけんようにせんばいかん。暑いがホットミルクティーを飲む。うまいなー。夕食はひじきとピーマンとえのきのサラダ、粉ふき芋和風、鶏の照り焼き。

7月21日

大学病院検診。薬をもらう。小夏妊娠から死産までの日誌を渡す。いつどういう動きがあったのか。特に出血と投薬の記録、死産直前の様子を事細かに。Ａ４で5枚。何とか大事な情報が見落とされずに伝わるといいな。

7月24日

肉じゃが。

7月26日

国東半島へ。真玉海岸の夕日を見たかったのだが、見られず。人生変わる、とかいう触れ込みだったんで、変えたかったんだけどなぁ。そう簡単にはいかんもんね。それ以外はなかなかのんきないい旅だったんだけど。

7月29日

大学病院へ。先生、私を元気づけようとしているんだとは思うけど、卵子、ホルモン状態べた褒め。ハハハ。今日と明後日がタイミングということ。タイミングってやっぱ不妊治療だね。来週また病院へ行って、高温相[※25]の状態を見る。体温の上がり方が弱かったら対処するのだそう。

しかし、帰ってから朝家で検査しておいた排卵日チェッカー[※26]の結果を見たら陰性だった。これ高かったのにあてにならんのかな。先生に超音波で診てもらっててよかった。なんとかここまでこぎつけたぜ。頼むぞ小夏。

8月1日

そうは言っても排卵検査薬の結果が薄い。今度は超音波を疑いたくなってくる。

8月2日

ま、確かに振り返って見ると、何日か前が一番濃かったな、検査薬。株価みたいだな。

8月5日

大学病院へ。体温の上昇度合いを見る。特に問題ないみたい。排卵も基礎体温表通り。

「大きな卵が排卵してますねえ」って。ふーん。

「生理が来たら電話くださいね。もちろん生理が来なくてもですよー」

はああ。妊娠したら、ってことか。

8月6日

最近はいつもお腹の中の卵のことを考える。生きてるならがんばってほしいな。

8月12日

メールがポロポロと来る。朝から何度か泣く。1年経った。仕事して「ゆきみや」で冷やし付け麺を食べる。「SBC」でケーキを買って帰る。夜はチヂミを作るが完全に大失敗だ。最悪だ。大事な日なのに〜。

8月14日

ブログへたくさんの書き込みをいただく。うれしい。ひとつひとつありがたく読む。

8月15日

体温少し下がる。

8月16日

体温さらに下がる。起きて、朝ご飯、やはり生理。悲しいが、一度下がったときに落ち込んだのでゆるやか。お通じもあり。大学病院に電話して、生理から12日目の受診を予約。そうか、そういう流れになっているのか。

海へ。大雨だ。久し振り「ラ・スイーテ」でランチ。ウマイ。隣で梅干しを買う。

流れに任せるしかないのだ。来るときはどうあがいても来る。来ないときは来ない。何と言っても、来ないものは来ない。

私は小夏を亡くしたのだ。流れに逆らってどうにかなるなら、なったのなら、今頃ここに、日に日に大きくなる小夏がいるはずなのだ。

8月17日

ピーマンのチヂミをリベンジするが、言うほど美味くない。悲しい〜。寝る。

8月18日

ちょっと起きるのが辛かった。ねむねむ。出血が多いのでプルーンジュースを飲みつつ今日は薬をやめとくことにする。いいよね、1日くらい。夜は豚ヒレ肉の紅茶煮など。

8月19日

わしわし歩く。気持ちがいい。次のタイミングまでしっかりしよう。というか、それを中心に生きるのはやめよう。

1年前にもらった友だちの手紙を読み返す。何度も読み返している手紙なので封筒の端っこが破れている。

8月22日

夜は鶏と夏野菜の甘辛煮。うしし。きのこのみそ汁、おにぎりにキュウリのミョウガ漬け。仕事。雨の日でした。

古い皿。

9月から11月

9月2日

お菓子屋さんをはじめる友人Kの工房へ。新しいことをはじめる人のことがものすごく気になるタチなのだ。話を聞きたい！ 今どういう環境にいるのか見たい。何を考えているのか知りたい。わくわくするよね。

9月4日

やっぱお墓はないな！

9月5日

ホークスタウンで夫とぽにょを観る。夜は昔の仲間と飲み会へ。帰りは深夜。

9月6日

またぽにょを観る。

9月7日

パジョンのリベンジ。まあまあの出来だが、蓮根餅の方がウマくできた。くっそー。

なぜか夫が怒り出す。

9月10日

今回はあまり考えないようにしている。そればっかり考えてると人生が何のためにあるかわからない。

9月12日

いつもの朝。ずっといつもの朝がいいな。

Kを天神で拾って「てのぎ」へ。ごはんを食べて「スプーンフル／おさじ」。平尾の「ささや」、浄水の「トラム」「レスト」へ。警固もひと通り見る。どのお店も、お菓子屋さんをはじめる、という目で見るとまたまったくちがってワクワク。とにかく楽しい。私がはじめるんじゃないけどな！

9月15日

今月も残念でした。さみしいな。

読書、昼は茄子のパスタを作る。ごろごろ。夫は一生懸命掃除をしている。やはり体を動かすのがいいな。私も今日は1日休んで、明日から動こう。夜はイカ焼き、揚げの煮物、みそ汁にごはん、鶏の燻製も焼いた。

9月16日

今日は午前中仕事して林眼科へ。家族歴があるのと眼圧が高いため定期的に緑内障の検査をしている。眼底検査と視野検査。瞳孔を開く目薬をするため、こういう検査は念のため生理が来てからする。異常なし。

9月17日

ストレッチ再開。身体の調子がいい。

9月20日

やっぱ栗。栗をむいて栗ごはん。

9月21日

なんか気持ちが落ち着かない。夫にくっついて昼寝。

9月23日

朝から弁当を作る。お昼前にやっと夫が起きてきたので油山登山。ちょっと雨に降られるが大体よかった。

10月5日

変な夢を見る。ちょっと病んでるかも。

10月9日

朝、体温が下がっている。があまり気にしない。忘れるのではなく、気にしない。求めるけれど、すがらない。演歌みたいだなあ。

10月14日

体温が下がった。残念だ。夫に言うのが辛くなってきたなーーー。けど、言ってみると、すぐに「またがんばろう」と言ってくれたのですごくラクになった。夫ががんばるなら全然がんばれる。これで三度のチャレンジがだめだった。次は排卵検査薬を買う。
　これから撮影の仕事が入っているので、心置きなく取り組める。と思おう。

10月24日

　朝から大学病院へ。城田先生、「そろそろ神様がいじわるに感じる頃かな」ってさ。ま、そうですね。でも今までに結構ないじわるをされてるので、このくらいはまあなんとか。シフォンケーキ作る。失敗。

10月27日

　3日に渡る撮影最終日。超順調、超予定通り、夕方5時前に終わる。楽しかった！大満足。

10月28日

　のんびりする。またもやシフォンケーキ作る。夜は大根と鶏のスープ。

10月30日

　本を読んだり、パソコンの前に座ってぼーっとしたり、テレビを観たり。フリーだからこそだな。いろいろヤバイけどな。

11月11日

お。体温下がった。次の卵さんいらっしゃい！急だが門司港の旅を予約をする。

11月14日

　体温はまだ高い。少しおかしいなと思うけど出かける。
　門司港！新幹線と鈍行で。商店街をひやかしながら「放浪記」でハヤシライス。喫茶店でバナナのフリッターとバナナジュースを。ここで大量の出血に気がつく。あれ？
　門司港ホテルにチェックイン。ホテルで募集していたバスツアーに申し込む。北九州の産業観光バスツアーだ。ビール工場でガイドさんの説明を聞きながら館内を歩いていたが、絶対なんかヤバイと思ってトイレへ。またもや大量の出血。ズボンも汚れた。これはおかしい。ガイドさんに断り、ツアーをリタイアする。

しかしここがどこだかよくわからない。最寄の駅を教えてもらいなんとか電車に乗る。門司港まで行くところを関門海峡を渡ってしまい下関到着。完全に慌てている。人の少ない下り便に乗り直し、海峡を眺めながら夫の固い膝枕に横になりじっと耐え、なんとかホテルへ戻る。体調はいたって普通なんだけどな。ホテルの風呂に入って洋服も洗い、じっと身体をあたためる。

夕方、館内のレストランへ。気持ちはややすっきりしている。食事もおいしくお酒も呑む。食後ホテルの向いの門司港レトロ展望室にも上る。気分いい。今日のドタバタは何だったんだろう。展望台のトイレに携帯を忘れた。

11月15日

朝はバイキング。お約束だが大量に食う。そして絶不調。チェックアウトして携帯を取りに展望台へ上ったところでダウンする。

何か懐かしい感じ。これ、腸炎じゃない？何分かおきに気持ち悪くなるので、休み休み町を歩く。じっとしているよりラクかもしれない。お昼は海峡プラザでふぐ雑炊。船に乗って帰る。帰って餅を焼いて寝る。

11月17日

お腹かなり回復。あの出血はなんだったんだろう。普段から軽めの生理を誇る私。衝撃だった。まるで私の中の古い血が出て行ったような、そういう感じ。

朝食はスープ。昼はおにぎりとドリア。サツマイモのシフォンを作る。夜はシジミ汁など。ウマイ。

私が小夏を亡くしたのは妊娠9カ月と半だった。それより早い時期に子どもを亡くした人のことを大したことないと思ったり、私なんかよりももっとひどい苦境を生きている人を応援したりする。そういうのがなんかもう全部イヤなんだ。

私は自分を人と比べるのが苦手だ。いつも人は人、自分は自分、と思って生きてきた。

それなのに、ダメなのだ。小夏のことがあって、今、小夏にまた会える日のことを待っている毎日の中で、比べてしまうのだ。誰かと私を。そういうのがとても辛い。

私はやっぱり、どこにも行けないのだ。

11月21日

診察。家に帰って仕事、すぐ出かける。明日の料理イベントのため大量の買い出し。帰って、知人の入院お見舞いで本日2回目の大学病院へ。寒気、下ごしらえ、ダウン。

11月22日

イベントに使う荷物一式をスタッフに引き取りに来てもらう。これはいかん。寝る。

11月25日

朝からスープとパン。仕事、寝る。起きてスープとおかゆ。仕事。ダイブよくなったけど。あいたたた。夜は大根と鶏のスープ。死産以降、身体の小さな不調が続く。

私はいつか何かを決定的にあきらめなければならない日が来るのではないか。この限りある我が人生において。

11月26日

体調悪し。いつになったら戻るのかな。仕事も詰まってる。夜はかぼちゃのスープと白米、卵をかける。夫にはカブと豚肉のピリ辛味噌焼き。

墓。30代で考えた、いつかぼくらの眠る場所

お骨壺はリビングのテレビの隣に置いていた。毎晩夫がそれを枕元に運ぶ。私たちの家は東南向きの高台に建っているため、美しい朝日を見せてやることができた。朝起きるときにまた階下に連れて降りる。

家を訪ねてきた人で、目立つところに置かれたそれに言及する人はいなかった。事情を知っている人も知らない人も。でも、どう見てもお骨壺だ。目を背けられるものではない。私はわざとそんなところに置いて、怒りを発信していたのかもしれない。どうして私たちがこんな目に遭わなければならないのか、というメッセージを。無意識のうちに。うっとおしい話だ。

白は、本当に白い。普通の白ではない。オフホワイトがナチュラルならその対極。白という色をじっくり長い時間煮詰めて、不純物をひとかけらも残さず除いた純度100%の白。精製された特別な白。

あるとき、夫の友人が、とうとう口を開いた。

「ずっとそこに置いとくと?」

「悩みよるところ」

夫が答えた。

月命日に登った油山の登山道に、お墓の広告があった。観音様をまつるお寺があるのだ。

死んだ人はお墓に埋めないといけないのか。そもそも、お墓って何だ。あの石室みたいなところにお骨を納めるの？　人は死んだらどうなるの？　私たちは、いろんな議論をした。

けれど結論は見えていた。お墓に入れるということは、そこがどんなところだろうと、小夏を手元から離れたところに置いてくる、ということだ。夜は暗いじゃないか。寂しいじゃないか。小夏を私たちのあたたかい木の家から連れ出す？　それはどうしてもできなかった。

ある日、小さな布の店で見つけた端切れの豆本キットを見て、思いついた。手の平にすっぽりと収まる大きさの豆本を作り、小夏の写真を貼った。同じものを2冊。夫と私が1冊ずつ。小夏がお腹にいるときに使っていた手ぬぐいを割いて表紙に張り、赤い糸を付けて綴じた。肌身離さず持っている。

「市政だより」に市立霊園の記事が載っていた。30代で、両親もまだピンピンしているなら読まない記事だろう。でも私たちにとってそれはすごく、現実味を帯びていた。自分が入る、というイメージではぴんとこなくても、私たちが小夏のお骨を抱えて入る、となると、それは不思議にアリな気がしてくるのだ。

今も十分にしんどいが、子どもとの生活がはじまってから先立たれてしまうようなことを想像すると、目の前の地面が消えてしまうような恐ろしさに震えてしまう。「元気でいればそれでいい」という言葉の意味、親が私に寄せる思いを知る。小夏は私を親にした。

9カ月と半分、小夏は私のお腹で暮らし、「じゃあね！」という感じで去って行った。苦しんだのだろうか。それとも、小夏自身「あれ？」という間に呼吸を止めたのだろうか。声を聞かせてくれることもなかった。指を動かして見せることもなかった。それでも、私と夫を今なお、生かし続ける。親として生かし続ける。

今、お骨壺は本棚にある。あちこちで買い求めた動物の置物をたくさん置いている。さびしくないように。

小夏はどこにいるのだろうか。いくつか読んだ本に書いてあったように、「天使」になったのだろうか。私には小夏の背中にふわふわと羽が生えて、雲の上にあるお花畑でお友達と遊んでいる、……ようにはどうしても思えない。

私の小夏は天使ではない。もっとちがう何か。

何だろう？

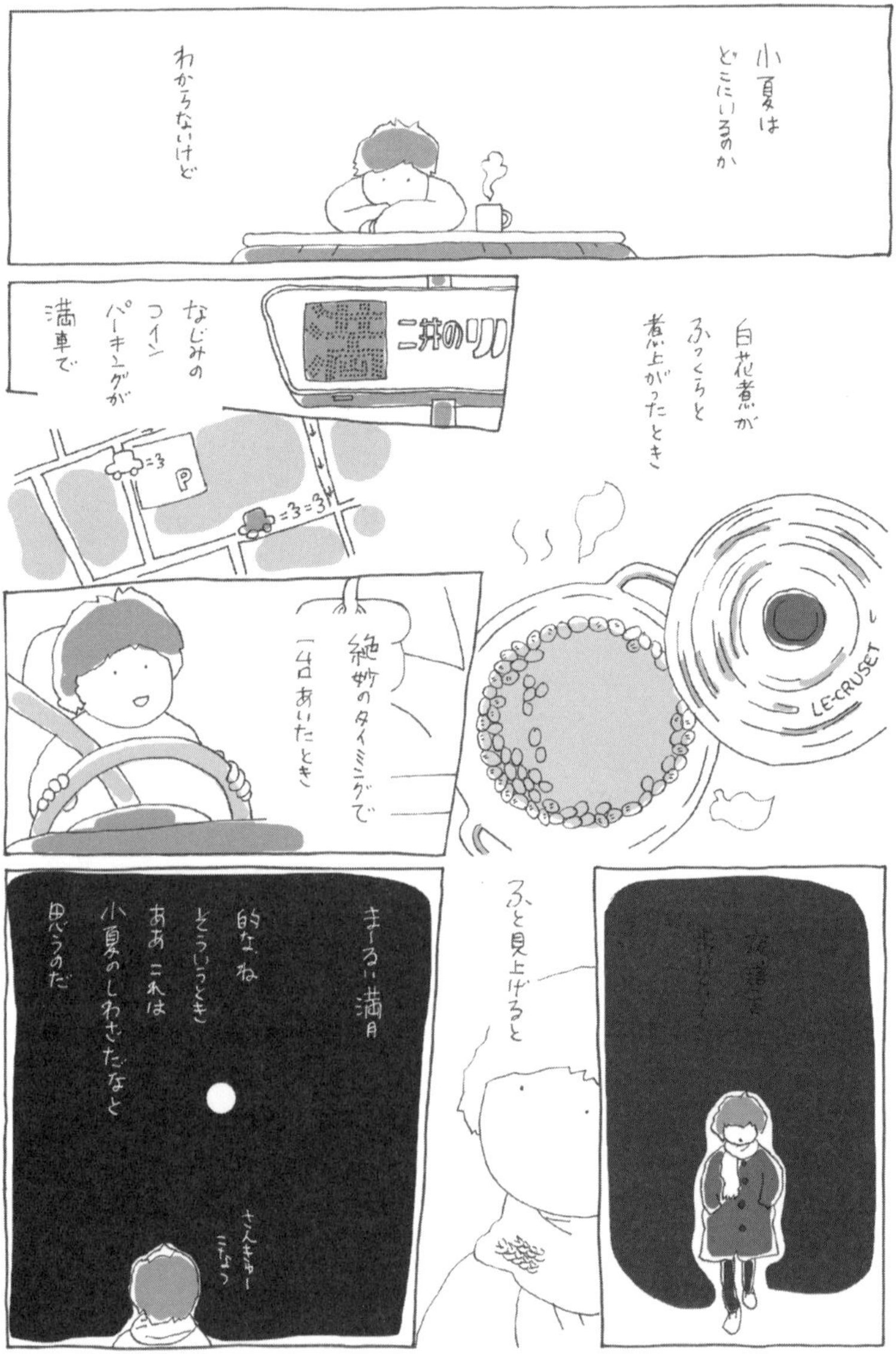
小夏は
どこにいるのか
わからないけど
白花煮が
ふっくらと
煮上がったとき
LE-CRUSET
なじみの
コイン
パーキングが
満車で
絶妙のタイミングで
1台あいたとき
ふと見上げると
まーるい満月
的なね
そういうとき
ああ これは
小夏のしわさだなと
思うのだ
さんきゅー
こなつ

9章

あの暗い闇の一番奥へ、もう一度。

自信を失なった自信家の再挑戦。

1月から3月

1月18日 晴れのち雨

妊娠検査薬で陽性反応が出る。コナツだ。2年前の今日が、小夏の初診日だった。まだ寝ている夫を揺さぶってみるが反応がない。だいぶ時間が経ってゆっくり起きてきて
「なんか夢で見たような気がするけど」
などと言う。実感はないが、夢でもないのだよ。仕事が重なっていて結局1日デスクトップに向かっていた。明日病院に電話しよう。

1月19日 晴れ

昼過ぎ、病院の電話受付時間を待って予約を入れるが、何かものすごい対応が悪かったような気がする。別にうちの病院じゃなくてもいいんじゃないか、みたいな印象を受けた。私の被害妄想かな。前もこういうことあったな。行ったらたいしたことなかったな。受付におかしな人がいるのかな。

これでコナツがいなくなったらどうしよう。夫が早く帰ってきてくれて、いろいろ身の回りのことをやってくれる。

1月20日 晴れ

昼イチの予約で病院へ。何時間も待つ覚悟で本とかいろいろ持って行ったら一番に呼ばれた。城田先生。超音波検査で診察。週数としては適当な状態にあるけど、少し黒い部分があってそこからはがれるかもしれないので、安静にと言われた。念のためデュファストン[※27]を処方される。

怖い。できるだけ動かずにいたいけれど、車で出たのでいくつかの用事を済ませて帰る。帰って寝る。動くのが恐い。とりあえずご飯を簡単に作ってじわっと仕事をする。

いやいや、せっかく座り仕事なのだからプレッシャーを感じるのはやめよう。いろいろな予定をキャンセルする。

1月21日 晴れ

体は安静にしているが気持ちが不安。これ、ストレスになるのかな。朝スープを仕込んだので夜はラクチンだ。

1月22日

昼出かけて打ち合わせ。仕事のペースを落とすため、かなり早いけど取引先にカミングアウト。この日も結局夜まで仕事。

1月23日 くもりのち雨

体がきつい。トマトジュース以外受け付けない。気持ち悪い。23時まで仕事。受けた仕事はやるしかないのだ。とにかく気持ちを楽にすればいいのだ。

1月25日 大雪

朝から出血する。へこむ。最初は茶色、夜になるにつれてだんだん色が薄くなる。気持ち悪い。何とか昼間に少し仕事。

1月26日 雨のちくもり

出血がおさまる。気持ち悪い。

1月27日 晴れのちくもり

入稿。出血は昼過ぎまで。シーラおばさん[※29]によると、初期出血はじっとしておくしかないという。

1月28日 快晴

下版。出血はオリモノに混ざって茶色。あまり先のことは考えずにまずは目の前のことを。とラジオでナカジーが言っている。

昼にそばを食べる。うまい。たこ焼きはちょっと気持ち悪い。出血は少なくなった。

とにかく酢飯が食べたいが近所の寿司屋は2軒とも休み。仕方ないので鮭のおにぎりを作る。食後みかんジュース。梅干しも食べられる。塩分過多に注意せねば。
　トイレに行ったらまた出血していた。悲しみに暮れて風呂を断念する。お笑いのテレビ見てアゲてから寝る。

1月29日 雨
　朝から出血。風呂も入ってないし頭は冴えないしで気分は最悪だ。夫が朝からいろいろやってくれてる。
　明日の打ち合わせをキャンセルして、色校を家に届けてもらう。昨日断念した寿司を出前。最初はウマいが後半辛い。食いしん坊の自分には不思議。明日は病院だ。不安。

1月30日 雨
　出かける前に少し出血。タクシーを呼ぶ。心拍確認。6週。出血の原因は特に見当たらないという。それが一番不安なんだよ〜。
　病院内の果物屋にジューススタンドがあっていろいろ選べてウマい。イチゴシェークを作ってもらうが量が多くて飲めない。帰りもタクシーを呼んで、途中いくつか店に寄ってもらう。出血はだいぶおさまる。

1月31日 雨のちくもり
　一度に7口くらい。それ以上食べると気持ち悪いし、腹が減るとまた気持ち悪い。

2月1日 くもり
　出血が多い。出血するととにかく気分が下がる。夫は休日も掃除洗濯して風呂を洗ってご飯も作る。でも気にしない！！！！！

2月2日
　夢。みんなで大きな荷物を持って旅に出た。
　起きたけどまた7時に寝る。10時に起きて仕事。今日もちょっとずつ食べられるものを食べる。朝から夜まで食べたもの、ヨーグルト、イチゴ、ピザトースト、バナナ、小おにぎり、小おにぎり、ヨーグルト、ゼリー、大学芋1つ。ネズミみたいだな。家にこもる食べ物のニオイが辛いので換気しつつ。

　斎藤ふみさんも、こはまもとこさんも妊娠されたそうだ。私は大丈夫かな。この人たちが産んだ頃に私も産めてるのかな。自信ないな。

2月3日 雨

　朝から出血だ。濁っている。でも必要以上に気にしない。1日1日、だ。タートルネックが気持ち悪い。なんだこれは。大丈夫か。

　夫が帰ってきたので豆まき。いいことがありますように。

2月4日 晴れ

　暖かい朝だ。じっとしているが気持ち悪いので母に電話して気を紛らわす。久しぶりにきちんとご飯を作る。ほうれん草のスープを作ってご飯も炊いた。あー気持ち悪い。

2月5日 くもり

　オエップがとまらない。仕事に取りかかるが面倒そうなのは明日に回す。

　ビーフシチューを作る。ニオイは気にならない。トマトを使っているからかな。ドラマを観て食事のシーンでお腹が空いたのでビーフシチューを食べる。やっぱりかなり苦しい。結局は歯磨き頼み。今日は出血少ない。

2月6日 晴れ

　夫が横浜日帰り出張。いいなぁ。眠くないのにじっとしてると寝てしまい、寝すぎで頭痛。私なんか悲壮感漂ってるなぁ。こんなんじゃコナツもいやだよね。もっとルンルンに過ごさないと。夫、無事戻る。おみやげたくさん。

2月7日 くもり

起き抜けの出血はないが二度目のトイレで出血。一体どこから出血しているのか。

昼、夫がうどんを茹でてくれた。料理している間のニオイも耐えられたし、食べたらものすごくウマかった。美容院へ行き髪を切る。ニオイがきつい。

両親が畑の野菜とか梅ヶ枝餅を持って来た。母と夫が何か作ってくれる。夫に「ホントにコナツお腹に入ってるのかな」と言ったら怒っていた。そりゃそうだな。言っても仕方ないことだな。

2月8日 晴れ

ダラダラし続けてイヤになってきたので出血もないし出かけてみた。帰ってまだ気持ち悪いので知らんフリしてレモンシフォンケーキを作る。夜、大河ドラマを観ていたら突然眠たくなったのですぐ寝る。

2月9日 雨

うっすら気持ち悪いが、なんか慣れてきた。自分の肌のニオイが気になる。昨日は石油みたいなニオイがした。やっぱ昼は「いいとも」だな。安らかな気持ちになる。

2月10日 晴れ

もうなんか起きるのが辛い。どうせ出血？みたいな。絶望するから。

今日は病院。出血は子宮の中の血の塊から出てるのではないか。ただ、塊が小さいのと、

胎のう[※30]の方が大きくなってきたので大丈夫という見立てだった。通常ならほぼ安心の時期とのことだが、私はまだなのかもなー。

2月11日 祝日、くもりのち晴れ

喉がつかえて気持ち悪い。出血はない。テレビで、おりものシートには保冷剤と同じ薬剤が使われていて体を冷やすと言っていた。速攻でシートを外す。出血の程度がよくわかっていいのだが外す。後悔したくない。

2月12日 晴れ

弟夫婦もおめでた。何と私と予定日が何日かしか変わらない。あああ。大丈夫かなー。あっちだけ無事で私が産めなかったら……。

そろそろ重い腰を上げて経理に手をつける。確定申告まであと1カ月だ。と言いつつすぐにダウン。

2月13日 くもりのち雨、暴風

ご飯を食べて歯磨きをしたら気分が悪くなった。そして、そうやってつわりがあることでほっとしていることに気がついた。コナツが元気な証拠なのだ。

2月14日 晴れ

食べてみたら結構食えるので調子に乗って後で撃沈、というのを3食やったぜ。

2月15日 晴れのちくもり

朝、小松菜のパンケーキ、バナナヨーグルト、金柑の甘煮、ハッサク。昼、うどん、チンゲンサイのスープ。おやつにメロンパンちょっと、おせんべい2枚。夜、野菜炒め、リンゴ。義母が来宅。期待に応えたい。

2月16日 晴れ

地味にマイ誕生日だ。ダラダラしてると気が重い。夫がパーチーをしてくれる。寿司を取った。お腹は空いてるのに気持ち悪い。

2月17日 雨のちくもり

36度台になる。そろそろ平熱になる頃だ

とは思うけどちょっとへこむ。大丈夫かな。

2月18日 快晴

毎日一度はうす〜く色のついたおりものが出るが、出血らしい出血は久しくない。マスクして料理。なんとか耐えられるな。

2月19日 雨

母が来た。誕生日プレゼントにバーミックス。『食堂かたつむり』に出てたから買ったらしい。バーミックスか〜。ウワサの。小夏を妊娠していた時に読んでいた雑誌に載っていたよコレ。離乳食とか作るんだよコレ。これを使う日が来るのかな。……いや、別に離乳食じゃなくても普通に使お。

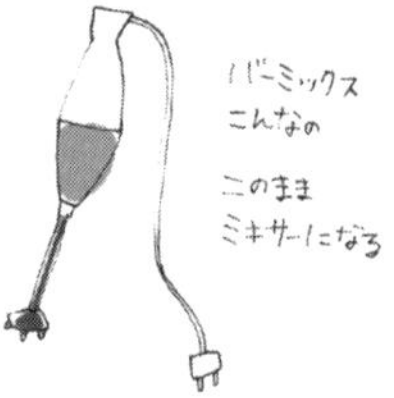

2月20日 くもり、強風

このまま産むまで出血ないといいなー。と言っていたらピンクのおりものが出た。悲しい。夫が帰ってきて、夕食を食べているのを見ると、本当に感心する。よくそんなに食べられるね。そしてくさいね。勝手な話だけど。

2月21日 晴れ

朝、ピーマンのホットケーキ、金柑ヨーグルト、ネーブル。間食にクラッカー、リンゴジュース半分。昼、うどん（鴨、ネギ、わかめ、エビ）少し、おにぎり、ベリースムージー。間食に鯛焼き、ポテチ3枚。夜、肉じゃが、卵かけご飯、リンゴジュース半分。

2月23日 くもり

昼寝に3時間も寝てしまった！ 経理も進まない。やる気のない原因は、つわりの勢いがないのと、明日の検診か。

2月24日 くもりときどき雨

なんか……痔？ 痔の気はない方なのだが。

前の産婦人科でさんざん出血してた時に先生に「痔じゃないの」と言われて、場所がちがうわ！！！と激怒した覚えがあるが、今回は場所が……。寒いし、お尻が冷えてるのかな〜。やっぱり不安。

　検診、問題なし。予定日9月22日！

　ああ、痔のことをもっと聞けばよかった。便秘薬もらえばよかった。後悔尽きず。今まで不妊外来だったのが、次回から産科に変わる。城田先生はとてもいい先生だった。「新しい先生もとても優秀な先生ですよ」とのこと。

2月25日 くもりときどき雨

　夫が疲れている。なんとかご飯を作って、夜、少し話をする。

2月26日 晴れ

　妊娠前から4キロ減。こないだ病院のトイレで並んでたら鏡に映った自分を見て驚いたのだった。や、やせてる。前の人と後ろの人と比べても。そりゃそうだ。夫がおやつ食べてるの見ても何とも思わないんだもの。「今何を食べたいか考えるが答えが出ない」のが私のつわりだ。

　右足のつけねがつっぱる。あと夜、頸管が開いたような感覚があった。錯覚かな。まだ30グラムだもんね。そんなわけないよね。

2月27日 くもりのち雨

　お腹を下にして寝ていて驚いて起きる。大丈夫かコナツ。経理をするが目が痛くてすぐにギブアップ。昼過ぎ、腸炎のような腹痛でトイレへ。とにかくコナツが心配で、お腹が痛くなくなった隙を見て無理矢理寝る。私は気持ちがキツいと寝るのかな。もう今日は何も食べるまい。

2月28日 くもりときどき晴

　雑誌「たまごクラブ」買ってみた。小夏の

ときも買ったけど、初心者の気持ちで、構えずに楽しく読むのだ。

3月1日 晴れ

朝食べたクリームパンのカスタードが気持ち悪い。どうも牛乳がいかんような。

3月2日 晴れ

5月にK先輩とA先輩の結婚パーチーがあるとの知らせ。そのときまで私大丈夫かな……。てゆーか行けるのか?

3月3日 くもりのち晴れ

わずかにおりものに色がついていたので休み休み動く。お昼前に気持ち悪くなる前にクラッカーを食べる。薄い塩味の乾

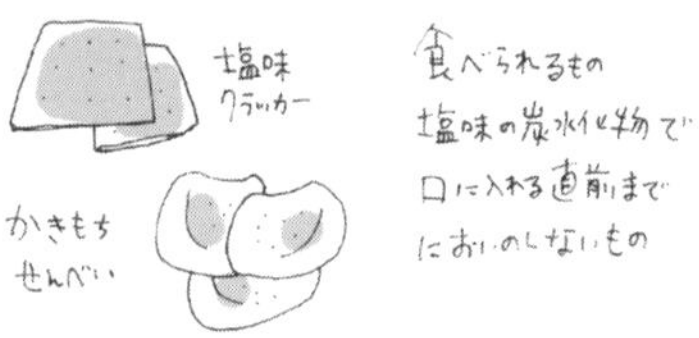

いた炭水化物が一番食べやすい。おやつドリンクはカボスレモン。夕食中すぐに喉が詰まるので、大人しくごちそうさまする。夫が食事をするその音が気持ち悪くてダウン。

3月5日 くもり

コナツへ。みーんなオマエを心配しとるからな。オマエはなーんも心配せんで出てこいよ。そいで100歳まで幸せに健康に生きるんだよ。200歳でもいいぞ。

3月7日 晴れのちくもり

コナツ！思う存分暴れ回れ！わしのことは気にせずにどんどん大きくなってくれ！合い言葉はオギャーだ！

私は自信家なのだ。いや、だって本来そうなのだ。小夏が亡くなってすっかり気弱になっていたけれど、大した根拠もないのにどうにかなるだろうと踏ん反り返ってる楽天家なのだ。降水確率が90%でも、私が出

かける時には多分降らないから0％なのだ。傘は持っていかないのだ。

もう悲しいことは起こらないのだ。そう思ってやっていくしかないのだ。

3月8日 くもりときどき晴れ

朝食、サイラーのパン、ソラマメ6粒、アスパラ1本、プチトマト1個、キウイ半個、ハム1枚。昼食、卵うどん、カボストマトジュース。おやつ、アップルシトラスティー、チョコ1個、マドレーヌ半個、塩せんべい4枚。夕食、マグロの漬け丼、ソラマメ5粒、里芋小3つ、ピノ1個。

3月9日 くもり

朝起きたらお腹が鳴った。お腹空いてるのかなとはりきってご飯を食べた。つわりが変わった印象。喉のつまりもほとんどない。

金柑の甘煮を作る。明日は病院なので、コナツの無事をひたすら祈る。そろそろシロッカーの時期が気になる。

硬い頸管、パーチー、そしてやはり無力症。

3月から5月

3月10日 晴

朝バリバリ便秘解消。極端なんだもの。もう少しおだやかにいかんもんかな。

　4カ月検診。新しい先生、大竹先生。声の低い女性。声が低い女の人大好き。早速シロッカーの話になる。

「今の段階では本当に子宮頸管無力症なのかちょっと判断しかねています。まだ頸管は正常の長さを保っています。前回、頸管が開いたのはお腹が張ったからかもしれない。手術による負担もあるし、細菌が入って早産になる可能性もあるよ」

「はあ……。そうなんですね」

「手術のときは出血があるので、バイアスピリンも止めんとね。それも気になるね」

「そう考えると何か怖いですね」

　一応、手術は4月6日に予約するが、ギリギリまで頸管の様子を見てから決める。前回のことを鑑みても賢明な判断だと思った。

　エコーを見ていたときに、コナツがゴロンと大の字みたいな姿勢になった。真ん中にちろりんとついてるのが見えた。

「あ。性別……。言ってよかったっけ。ってか今の見ました?」

「ハハハ。もう見えました……」

　これはコナツじゃないな。コナツ改め、コナ太郎だ。そうか。やはり小夏ではないのか。これがホントの一姫二太郎。4カ月に入ってすぐ性別判明って早くない？　母子手帳をもらって12時終了。長かった〜。検尿で手こずったし、採血50人待ちだもの。

3月11日 くもり

一代目小夏の予定日だ。

朝食、パン3切れ、アスパラ2本、プチトマト1個、梨4分の1個、ヨーグルト。昼食、ちまき、ハッサク5切れ、カボストマトジュース。おやつにマドレーヌ1個、ようかん1センチ、塩せんべい4枚。夕食、肉じゃが、ごはん、梅、海苔、落花生6粒、ピノ1個。

夫よ今日もありがとう。

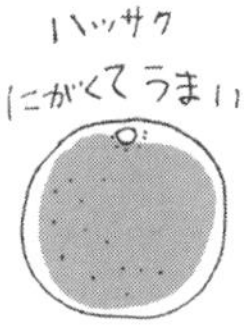

3月12日 晴れのちくもり

どうやらニオイに敏感になるという状態がおさまったようだ。何か楽になったけど何だっけな〜と思っていたけど。一度にたくさん食べられないというのは変わらない。

お腹の中の赤ん坊にとって11時から14時が一番安定している時間らしいので、その時間に行動してみる。洗濯物取り込むとか。

3月13日 くもりときどき雨、強風

入院しているみたいな生活だ。とにかく動かずにじっとしている。せわしない人間なので、なかなか辛い。あれもしたいこれもしたい。でも当たり障りない感じの本を読んでなんとか時を過ごす。

3月14日 くもりときどき雨

確定申告を仕上げて出かける。税務署に行って、ケーキを買って、図書館に行って食材の買い物をして帰る。車なので少ししか歩いてないのに足が痛い。どんだけ筋力落ちてんだ。

3月15日 晴れ

今日から便秘薬2粒。全然効かないんだもん。無糖炭酸水ウマい。

3月15日 晴れ　13週

病院に電話で再診確認してみると、風疹だけひっかかったという。最近風疹にかかったかを確認する採血をすることに。かかってないと思うけどなあ。

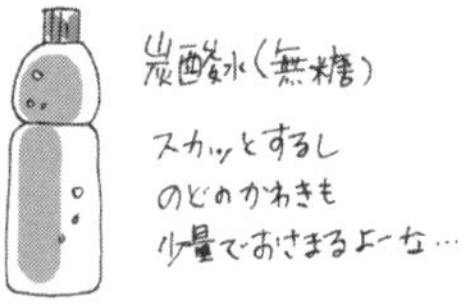

打ち合わせ。ブラで気持ち悪さが助長するといかんので産褥用をつけてみる。イワシのトマトパスタはやはり気持ち悪かった。

3月18日 晴れ

少量赤い出血。ガーン……。「梅屋」に行こうと思っていたがやめとこう。どうせ採血で病院に行くから診てもらえるしね。風疹、出血、特に異常なし。風疹は一度かかっていれば問題ないが、大人の風疹は症状があまりなく、かかってもわからないとのこと。

3月19日 くもりのち雨

眠りが浅い。花粉でくしゃみが出るが、看護師さんにあまりお腹によくないと言われたので何とかガマン。夕食の鶏と大根のスープを仕込む。

K先輩の結婚祝いを買いに「梅屋」へ。福田敏郎さんの漆器。おからと寄せ豆腐と空豆を買う。福岡市民なのに、なぜかこのタイミングで初の「牧のうどん」。多かった……。

明日から三連休。夫は畑三昧かなあ。コナ太郎、元気ですか。

3月20日 雨のち晴れ

つわりがなくなってきたぞ。ヘルシーご飯にして少しずつ量を増やしていこう。野菜をたくさん買おう。それにしても眠い。寝てるのに眠い。パンツがきつくなってきた。

3月22日 雨のちくもり

すごい嵐であまり眠れなかった。結婚祝いの色紙を作った。ばあちゃんがビフォーアフターに出たのでばっちり鑑賞。

3月23日 晴れ

何度も起きた。夫のいびきがうるさい。ぐむむと蹴りを入れていびきを止める。朝、おりものに少し色。量も多い。頸管よ開かないでおくれ。コナ太郎を守って。

私がいびきについて言ったのを気にして、夫が隣の部屋に布団を敷いてしまった。申し訳ないけどかなりぐっすり眠れた。

3月25日

朝起きたら隣の部屋から夫のいびき……。ドア閉めてるのにこの音量……。このまま一時期のことと甘えさせてもらおう……。

K先輩と「石道橋白つぐ」でご飯。なんと先輩も妊娠していて9月初旬が予定日とのこと。やっと自分も妊娠したのに人の幸せをいっしょに喜べない自分が悲しい。この人は無事出産して自分は……という恐怖心。

3月26日 晴れ

目覚ましが鳴るまで見事にぐっすり。やはり外出は体に負担がかかっているんだな。

ユニコーンのチケットが来た。前、ライブに行ってそのあとダメだったな……。行くべきか行かざるべきか。気を取り直して、豆腐を作ってみた。簡単！ うまーい。なんだこりゃー。

3月27日 晴れ

もうすぐ手術になるんだろうな。入院までに済ませておかないといけないこと山積み。と言いつつ、コタツで寝る。眠いんだもん。

3月28日 くもりのち晴れ

玄米と豆乳のポタージュで朝食。おいしく感じる。キャナルの無印で夏物まで買う。

もう夏まで来ないってことね……。いろいろ寄ってなんとか16時帰宅。お腹がちくちくする。いろんなものをゆるめて寝る。コナ太郎、1日付き合ってくれてありがとう。

3月29日 くもり

昨日買い込んだおいしそうなパンを食べるが、バターがキツいな……。ついでに豚のスープをとる。お昼にも必ず野菜を食べる。

尻の痛みをやわらげようといろんな姿勢を試してみた。下腹と膝に力を入れて立つといい。今まで何となくふにゃふにゃ歩いていたように思う。体幹、体幹。

3月30日 快晴!

朝ご飯もしっかり食べる。ずいぶん楽になった気がする。しかし眠い。朝の二度寝は習慣化してしまった。

マキハウスの人がシロアリのチェックに来た。床下に潜ってビデオを撮って見せてくれた。きれいなもんだ。

3月31日 快晴!

病院へ。体重、3キロ戻った!わーん。

手術は延期。まだ頸管も閉じてるし、固い。

「頸管のあたりに胎盤があるのでそこから出血しやすいかもしれんね。上の方に動けばいいだけど、30週までに動かなければ帝王切開も視野に入れなければならないかも」

ムムム。これから2週おきの内診。お腹が張ってないのに頸管が開くと無力症、お腹が張って頸管が開いたら張り止めを飲んで対処する。あとは切迫早産に注意。

おやつは……やめずに量を減らすのだ!あはは。しかし夫に体重のことを言われてむっとする。

トホホ。人に言われるとね〜。

4月1日 晴れのちくもり

ご飯の後さっさと歯磨きする。食べ過ぎ防止にいい。

4月2日 晴れ

昨夜は軽めの食事でがんばったが朝のひどい空腹感なし。もしかして食べ過ぎで気持ち悪くなってた……？

4月3日 晴れのちくもり

家事で夫とケンカ。ワシはそんなに押し付けてる気はないのだが……。すまん……。

4月4日 雨

仕事の打診あり、継続案件だったけどやはり一度手放すことにする。どうなるかわからないからね。夫と家事について話し合う。昼寝して起きたら夫が掃除機をかけていた。

4月5日 くもり

今日はユニコーン！潔くあきらめるのだ。

4月6日 晴れ

家中がいちごジャムのいい香り。

4月7日 晴れ 16週、5カ月！

おからパウンドと豆乳のホワイトソースを作った。コレ胎動かな〜。男の子は激しいと聞くなー。がんばれコナ太郎。

4月8日 晴れ

目覚めよし、食事よし、お通じ悪し……。

4月9日 晴れ

眠い。昼食後、砂肝を煮る。ちろちろと胎動を感じた。懐かしい感じ。

4月10日 晴れ

夕食に豚の生姜焼き、大根とニンジンと揚げのサラダ、玄米。夫が帰ってきておいしそうに食べてくれる。本来なら入院してるのに。家にいられるだけでうれしいな。

今日も夜を中心に胎動があった。ちろちろ動いている。うれしい。明日は飲み会だ。

4月11日 晴れ

『木更津キャッツアイ』を観る。昼に茶蕎麦と切り干し大根の五目煮とハッサクを食べて寝る。16時過ぎにゆっくりと支度をはじめる。化粧もコンタクトもヘアワックスも4カ月ぶり。タクシーで天神まで。

大学のサークルのK先輩とA先輩の結婚パーチー。お腹のことはほぼ言及がないが、皆、心なしか優しすぎる。ブログを見てくれてるのかも。Sなんか泣いてるし。心配かけてるなあ。物足りないけれど、一次会の後、1人で帰る。なんか悲しいので家でおやつをつまみつつ、二次会まで行った夫を待つ。

4月12日 晴れ

心配モード。昨日歩いたしなー。でもゆっくりだったし、正味3時間くらいしか出かけてないし……。そのくらいでどうにかなるようなコナ太郎じゃないよね。先生も普通にしていいって言ってたし。とりあえず明後日の検診まで不安だ。わずかな胎動でも求む。

4月13日 くもり

眠い。どうにも夢見が悪い。今日もなんか体をシェイクする夢を見て夜中飛び起きた。何か「うあぁぁぁっ!!!」って感じで飛び起きた。どんなだ。

コナが結構動いていた。うれしいな。午後、夫が早退して帰宅。休めるときに休んでおこう、ということらしい。何か近所で軽いトラブルがあったみたいで、夫がおってよかった。ああ明日の検診不安。

4月14日 雨　17週

尿がたまるとコナが動きにくいらしい。

4月15日 晴れ

胎動を待ち望む生活のはじまり!安らぎと不安。スープを仕込む。野菜の重ね順で味が変わるんだって。やってみよう。

SとSと3人で「レストランモリ」へ。フレンチ、牛肉久しぶり。大満足だ。ついでに家に寄っておしゃべり。楽しかった。

4月16日 くもり

昼前に起きてカレーを仕込む。クミンを炒めるところから。油脂がきついので市販のルーを使わない。丁寧に丁寧に。

今クールはドラマを観る気が起きない。夫と話したいし、眠いし。朝も昼も寝たのに。

4月17日 くもりのち晴れ

夕食は玄米、こんぶときゃらぶき、炒り豆腐、きゅうりと椎茸の酢の物、砂肝とゴボウの煮物、納豆なめたけ。

4月18日 晴れ

今日もいい天気だなあ！ どっか行きたいなあ！ ランチを縁側で食べる。ぽかぽか。

お昼、義父母が来た。豆あじの南蛮漬けを作る。甘夏のマーマレードを仕込む。たくさんとれた絹サヤも料理。上出来！

4月19日 晴れ

大開口の掃除。網戸を外したのでますます視界が広がっていい感じ〜。がんばったら腰が痛い。コナがよく動いてくれてとてもありがたい。安心させようとしてるのかな……。

4月22日

喫茶本のデザイン。今日はあまりコナが動かない。不安。集中できない。悲しい。夕食の下ごしらえなどをしていてやっと動き出した。とてもうれしいけど、これから先の長さに途方もない感じがして落ち込む。この気持ちがコナに伝わらないといいけど。

4月24日 くもりのち雨

午後3時、一番見たくない夢を見て起きる。コナはそのとき動いていた。ので大丈夫。今度はデミグラスソース作ってみっか!

4月25日 くもり

6時半に起きたら夫も一緒に起きてきた!わーい。朝ご飯を食べてアルバムを見たりした。今日は車の法廷検査。原まで行くのでやっぱ「パスタフレスカ英」だな。でもやっぱ油物はくるね。腹に。

コナは本当によく動く。ぴろぴろり〜みたいな感じで動く。とても安らかな気持ちになる。もっともっと動いて、9月に会おう。

4月27日 あめ

今朝は寒い。野菜を干す。テレビを観つつ帰るコールを待つが、結局10時過ぎに電話。さすがにちょっとキレて風呂に入りながら言いたいことを考えるが、まあいいか、って思って言うのをやめる。

4月28日 晴れ　19週

病院。11時に受付をして呼ばれたのが13時半。文句言ってる人も。仕方ないよ……。

エコーは問題ないが内診が長くてイヤな予感。そして的中。頸管長が2.3〜2.9センチ。子宮口もやわらかい。即入院、15時までに入院受付に来るように言われる。来た〜!

安静のため車を置いてタクシーで帰るが、車に家のカギを置いていたのを思い出してあぜんとする。何かもういやだ。気が動転している。病院に引き返してもらって自分で運転して帰る。タクシーを呼んで待つ間に、最後のシャバのおやつを食べる。絶対無事にコナと一緒にここに帰ってくるのだ。

18時に先生と夫と話し、手術決定となる。術後のケア、特に細菌感染に気をつける。懐かしい入院生活。前と同じようで前とちがう。絶対コナと夫と3人になる。

4月29日 晴れ

6時過ぎに起きて眠れずに眠い。朝食は7時半、デイルームにて。部屋は窓際で人も少なくていい。朝の連ドラとか観る。

病棟担当医、看護師、助産師といろんな人が来る。11時の心音に手間取り、恐怖。その後大部屋に移動。風呂、剃毛。売店で丁字帯を買い、パンを買ってやけ食い。そう、大学病院は名店「ラ・ブリオッシュ」が入っているのだ。昼食、デイルーム。他の人の話に気がめいる。部屋でも他の患者さんの話が耳について何かキツい。

夫が一旦帰ってまた来てくれる。コナが動いたので夫と手をつなぐ。明日の手術でナーバスになっている。コナは大丈夫。

4月30日 晴れ

6時起床、慌てて水をペットボトル1本一気飲み。朝の準備をきっぱりと済ませて、精神統一のためカーテンを閉めてラジオを聴く。無印で買った耳栓をして読書、これいい。全く聞こえない。

9時に心電図とレントゲン。母が9時半に来る。手術時は待機する人が必要なのだ。麻酔の先生も来る。11時手術。前の産院とちがって丁寧、じっくり、プロフェッショナル。前のときは先生と看護師さん2人で、先生が看護師さんを何か怒りながら片手間で手術してたもんな。大学病院は人が多い。

部分麻酔が効きすぎて気持ち悪い。呼吸できない。看護師さんが手を握ってくれる。そのとき涙がつ～っと落ちた。

無事終了。回復室へ。エコノミークラス症候群防止[※30]のストッキングを履いた足が気持ち悪い。バルーンも入ってる。夕食から普通食で感動する。

コナ、ありがとう。今日はがんばったね。

5月1日 晴れ

部屋は産科で満床だがえらい静かだ。だーれも話さない。皆、入院が長い人ばかり。米食に飽きて「ブリオッシュ」のパンを買う。食後、ガーゼを抜いて診察、洗浄。でもバルーンはまだ抜かないのね。ショック〜。

体拭きのタオルをもらう。暖かくて気持ちいい。背中も拭いてもらった。『ホットロード』を持って来ていたので読む。

間違えて朝バイアスピリンを飲んでいた！ やばい！ 看護師さんに言ったら、確かに点滴と尿に出血あり。恐わ！ 気をつけねば！ バルーン気持ち悪いよーーーーーー。

5月2日 晴れ

バルーンが気持ち悪くて集中できない。

どうやらパン食は申告制らしい。それならご飯でいいや。おかずは和がいいし、パンもうまいのがいい。

もはや何もする気が起きず、その辺の看護師さんつかまえて手当り次第に「バルーン辛いっす」と言ってみる。おかげで？ 11時、バルーン抜く。解放！ 体を拭いて気持ちよくなるが今度は胎動が少ない気がして気がめいる。髪を洗ってもらう。なぜか頭の上半分のみ。なぜ？？？ 看護師さんはやさしくて、いつでも心音を聞かせてくれる。

夫が18時半頃来る。「鈴懸」の和菓子を買ってきてくれた。にゃほー。しかも夕食は念願の煮魚だ。カレイ。おいしい。うれしい。

5月3日 くもり

食事前にトイレで出血！！！ したたるほど。そのままナースステーションに行った。

当直の先生が診察してくれた。排便でいきんだのが悪かったみたい。便秘薬をもらう。今日は安静に。大竹先生の診察と洗浄。その後出血もおさまる。引き続きお腹の張りに注意。コナは動いている。ラブ、だ。

5月4日 くもり

今日は点滴とれるかなー。食事前に診察と洗浄。あと少し出血するかも、とのこと。
食後、快便！

みんな食べるの早いな！ ヒマなんだし、私めちゃくちゃゆっくり食べてる。半分も食べずにいつもお菓子食べてる人もいる。声がでかい人がずっとしゃべっててきついなー。

点滴が漏れた！ 看護師さんが2回失敗して、男性の先生がぶすっと差していった。

5月5日 20週、6カ月！

やっと6カ月だあ。コナには100歳まで生きてもらわないといかんからなあ。この世にぽちっと出てきてやっと6カ月。9月にはワシのお腹からポチッと出るんだよ！

声のでかい人はめでたく退院していった。
昼食は子どもの日で粽とメッセージカードと金太郎人形がついていた。来年の今日はコナ太郎の節句だぞー。

5月8日

外で買ってきてもらったパンはかなり塩辛かった。病院のご飯に慣れるとこうなる。

今日から大竹先生が戻る。薬の量が減る。来週半ば以降の退院か。前のシロッカー手術のときは1週間の入院だった。丁寧だ。隣の人はカギアミをやっている。いいなあ。

昼のスパゲティーはすごかった。フォークで一部を差して上に上げたら麺が丸ごと全部が皿の形でもちあがったぞ。食品リンプルか。やっぱ総合病院の病院食でパスタは無理があるんじゃないスカ。

夫がギリギリで来てくれた。心音が聞き取れず焦る。結局大丈夫だった。

5月9日 晴れのちくもり

『バタアシ金魚』。あーおもろ。病室の皆さんが、低体重で生まれた子の話で盛り上がっている。皆、生まれるのは当たり前だと思っている。話の輪には入らない。

5月10日 晴れ

今日はクーラーがしっかり入って、うとうとしたらもうお昼前。「男子ごはん」観て、午後はユーミンのカーペンターズ特集を聴く。背中痛い。床ずれ？ 息苦しいので先生を呼んだ。心配で心電図とかとってもらったが異常なし。下着のしめつけかなぁ。下着を替えたら改善した。アハハ。

5月11日 晴れ

朝食後すぐに先生来た～。診察洗浄、点滴とれて内服に。ラクぅ～～～。シャワーも！退院は明々後日。恐れることはない。コナに会える第二関門を突破したのだからな。モニター17時、張りなし。明日は売店に行こ！夕食のポテトフライが妙にウマかった。

5月12日 晴れのち雨 21週！

コナは今朝も元気！ 今朝出血した前置胎盤の人のカーテンが閉まったままだ。心配。窓際の人は今日退院。化粧して別人だ。のんきに売店へ。しゃがんで立ち上がろうとしたらヒザに力が入らない。これは衰えてるぞ。シャワーは古い東館で。暗くて狭かった。途中で陣痛室も見た。ここに辿り着くぞ。

5月13日 くもり

今日は３００グラムになってる。よく動くけどまだ小さいんだなー。

5月14日 晴れ

いよいよ退院。普通に生活していいって言われた。もちろん風呂も可。先生や助産師さんに不安を聞いてもらった。

家に帰ったらとにかくいろんな匂いがして驚いた。木の匂い、緑の匂い、水の匂い。本当にいい家だ。そしていい天気。悪いことは起こらない。

母にガッツリ料理してもらう。夫にも入院中いろいろ世話になった。母は夕食を作って食べずに帰った。暗くなる前に帰りたいのだそう。私と同じ、完全マイペース。ハハハ。

新しい一歩だよ、コナ。

5月15日 くもり

自分で食べたいと思ったものを冷蔵庫の中でやりくりして作って食べるって幸せ。野菜も卵もおいしい。でも入院中のひっくり返りそうな快便は一体なんだったんだろう。

夫がやってほしいことを言われなくてもサクサクやってくれる。「今度こそ」って思ってるのかも。小夏のときだってものすごくがんばっていろいろやってくれてた。

夜何度も起きるせいか昼眠い。まあ、寝るのも妊婦の仕事ってことなんで。お昼のうちにお風呂に入る。久しぶり。長くならないように、でもぼ〜〜〜っとしてゆっくりできた。チョコレート味のアイスがもたれる。

5月16日 くもり

風の強い夜で何度も起きた。布団も暑すぎた。夜中じゅうコナの胎動を感じながら朝を待った。寝られなければ起きていたらいい。日中寝たらいい。朝は野菜たっぷりサラダにパン。うまい！車のない夫なのに、いろいろ寄って買い物をしてきてくれた。

そろそろ名前を考えはじめる。男子の名前は本当に難しい。

5月17日 雨

少しずつ掃除する。入院中とはちがって、ちょっとでもやることがあるっていいな。

朝食にスコーン、きゅうり、トマト、バナナ、金柑ヨーグルト、グミの実。昼食にうどん（わかめ、ネギ、卵）、くずもち。夕食に肉じゃが、豆ご飯、鯵の南蛮。酢の物必須。

先生、もう耐えられないんですけど……。

5月から9月

5月19日 22週！ワオ！晴れ！

まぁ、22週というのはひとつの区切りではある。

今日から朝はご飯にします。タクシーで大学病院へ。退院後初の診察。今日から膀胱炎の薬。

5月21日 強風から大雨

今朝は午前中動きが地味で本気で心配した。一応午後は動いてます。もう動きが少ないだけで機嫌悪くなるわ……。

母が来て、気晴らし。助かるなあ。昨日、夫に鶏卵素麺を買っておいてもらった。母の好物。昼はフレッシュサンドイッチ。

コナ太郎へ。私のお腹の中はあまり居心地がよくないのかもしれないけど、お医者さんがお腹の中で9月まで過ごすのがいい、と言われたよ。なんとかガマンしておくれ。愛しているよ。

5月22日 くもり

今日の睡眠は良質であった。お通じの薬をひとつ増やしたからか、朝の米飯が効いたのか、お通じも良くなった。

名前に使う漢字や仮名のリストアップ。

5月23日 くもりのち晴れ

2階に避難。今日はシロアリ薬剤散布。なんかいろいろ音がして眠れない。お昼前に終了。2階のデッキでお昼ごはん。

お昼過ぎに義父母が来て夫とともに買い

物へ。葛きな粉プリンを作ったが、基本的なミスで失敗。コレでは出せないよ。

5月24日 晴れのちくもり

ジューンベリーのジャムを作って、豚バラの生姜漬け、イカをさばいて、休む。

5月25日 くもり

生協の人に今日から対面なしで玄関先に置いてもらうことにした。ピンポーンって鳴って慌てて起きていろいろ買ったものをバタバタ片付ける、とゆーのが負担。

5月26日 晴れのちくもり 23週

検診。体重増加で注意される。このくらいしか楽しみがないのよ……。５０９グラム。逆子。頸管長４センチくらい。

昼、家でぼーっとしてるとお隣さんの屋根の上にサル出没。夫に写メール。コワい。

逆子の膀胱キックが辛い。まあ、好きにしんさい。オギャーのためならガマンするよ。

5月27日 くもり

夢見が悪いが目覚めるとコナ力強く動く。宅配。お金がなくて明日にしてもらったけど、感じ悪くてコワかったので明日夫がいる夜の時間にしてもらう。

5月28日 くもり

トイレで拭けない……。

5月29日 くもりのち雨

時間が過ぎるのが怖い。予定日が近づいているのではなくその手前の「Xデー」に近づいているからか。毎日を淡々と過ごすしかないのだが、淡々とすればするほど恐ろしいことが起こるような気がする。１日中胎動を気にしているし、少し忘れていると今度はその間のことが不安になる。

なんつーことを夫に話したら少し楽になった。さ、コナの名前を考えよっと。

5月30日 くもり

起きたときにコナが動いていることの幸せよ。何ものにも代え難い。夫が「まどか」にパンを買いに行って、ついでにはるりんの新刊を買ってきてくれた。何も言わずとも風呂を洗ってくれる。本当にうれしい。

昔の会社の上司Sさんが大きくて賢い犬を連れてフラッとやって来た。いい人だ。

5月31日 晴れ

お菓子を買うときにカロリー表示を見る。するとほしいものはほとんど買えないので、買いすぎ防止に効果的だ。

6月1日 晴れ

今朝の胡麻和え絶品。

6月2日 晴れ？ くもり？ 7カ月！

この季節は油山の暴走くんが多くて朝方まで大変うるさい。

6月3日 大雨

今日は大学病院の母親学級で夫が休みだ。昼に「ゆきみや」の塩ラーメン。ここのラーメンはきれい。味も薄味。前の産院の母親学級ではありえないような恐い話もあった。これに出席しないと夫は出産のとき立ち会えない。

夕食後すぐに薬を飲むと食後いらんものを食べないからいいね。

6月7日 雨

朝食、メロン、粽、サラダ、ういろう。昼食、カルボナーラ、パン、スコーン、ジャム、ニンジンジュース。おやつにちゅうちゅうアイス。夕食に大根飯、シュウマイ、カボチャのポタージュ、インゲンの胡麻和え、冷や奴、菜の花天、ししゃも。

6月8日 くもりのち晴れ

久しぶりに目覚ましで起きたな。便通がよくなってからは1日でも便秘がわかるし、気をつけると戻るようになった。母が明日来てくれるので、じっとしている。昼前にさっと仕事をして、夕食の準備もしてしまう。これで夕方包丁を使わなくてもいい。

「レストランモリ」に夫の誕生日の予約を入れる。コナ、今日もありがとう。オトウサンの誕生日会、いっしょにお祝いしようね。

6月9日 くもり　25週！

8時検診へ。トイレを済ませた後、尿検査があることに気がつく。水をがぶ飲みする。尿検査は苦手だ。母も来たので「タンドルマン」にも寄る。

世間でははるりんの新刊で盛り上がっている。普通なら買ってすぐ読むけど、まだ読んでない。こわいんだもんね。

6月10日 雨

夫と大学病院へ。母親学級2回目。ラマーズ法の説明。初めてだ。前の産院はラマーズじゃなかったからな。いろいろ思い出すが、コナは大丈夫。夫もいる。お腹がきつい。

6月12日 晴れのちくもり

夫とくだらないケンカ。たくさん泣いた。

6月13日 くもりのち晴れ

結局小説は読んでしまった。

6月15日 くもりのち晴れ

朝食、玄米、ナスとわかめの味噌汁、納豆、じゃこ。昼食、パン、インゲンとアスパラのソテー、ヨーグルト、トマトと練り胡麻。夕食、鶏のサラダ、カボチャの胡麻煮、玄米。

6月16日 晴れ　26週！

コナ、26週おめでとう。いっぱい動いてくれてありがとう。

6月17日 晴れ

やっと母親学級3回が終了。いろいろ思うことはあるが、コナを信じて待とう。

6月18日 晴れのちくもり

横向きになって寝ると布団との境目でちろちろ動くのはなんでだろう。何かその辺にコナの腕とかがあってそれを踏んでいて、「いてッ」とかだったらどうしよう。でもなんかそれちょっと構造上ありえんし。

夫が扇風機を出してくれた。

6月20日 晴れ

やはり小夏のときよりもコナ太郎の方がよく動いているような気がする。

比べたくないし、小夏が元気がなかったとも思いたくない。けど、コナがとてもよく動いていることを口に出して言わないと、それが事実にならないような気がしてここに記す。

6月22日 雨

ピクルスを漬ける。もともと大好きだが、妊娠してから手放せない。酢の大きな瓶がすぐなくなる。夜は冷やしたタオルを持参して寝る。

6月23日 くもりのち雨　27週!

夜中の2時に眼が覚めるとショック〜。

検診。体重測定、オッケー！　便は少しやわいくらいでもいいから薬は定量を使うとのこと。ふむふむ。コナは1081グラム！

6月24日 くもりのち晴れ

昨日、頸管が3.4センチだったので、意識的にゆっくり休み休み。これまでも結構ダラダラしてたんだけどなあ。

6月25日 晴れのちくもり

車屋さんが来て車検に出した。お腹のことを言われたけど、面倒なので適当にやり過ごす。これ、死産経験者あるあるじゃないかなーと思う。ちがうかなー。

6月26日 晴れ

妊婦用抱きクッション便利。マイケルが亡くなった。ワシは強くなりたい。

6月27日 くもり

あんこ欠乏症。団子うまい。ニンニクを大量にむいて醤油漬け。お昼に「レストランモリ」へ。きちんとしたフレンチの名店がタクシーで5分って最高だな。食事の後、「まどか」と「ボンラパス」へ。出産前に車で出かけるのこれが最後かな。ウチは免許が1枚しかないので、後はタクシーだ。

明日は夫の誕生日。37歳。

6月28日 くもりのち晴れ

デザートを仕込む。きゅうりのゼリー。喜ぶのだろうか。喜ばないような気がする。昼にはズッキーニのヨーグルトお焼き。

悲しいニュースは見ない。コナのことだけを考える。夫は誕生日の夜遅くにトイレを掃除している。偉い。よか1年にしようよ。

6月29日 雨

初めて足がつる。いてて。起きてもまだ痛い。テレビはスポーツ関係が見ていて楽しい。憂いなく前向きでよい。

6月30日 雨　8カ月。うおー！

暑い。ところてんがうまい。

7月1日 雨（すごい）

起きたとき心臓がドキドキしてる。

夫が忙しくて帰りも遅い。ちゃんとご飯を食べんと体がもたないよね。今の私にはそれがプレッシャーだ。ご飯を作らねばと思うと落ち着かない。こんなこと今までなかった。料理しやすいメニューを考えよう。

7月2日 くもり

Sも懐妊だ。恐い。考えれば考えるほど、運命にまかせるしかないのだ。大好きな宇宙飛行士のドラマがある。宇宙飛行士になりたいな。強い人になりたいな。

7月3日 くもり

こまかい用事がたまっていて、そっと出かける。なのに、この時間だけ大雨。大変だよ……。背中がものすごく痛い。うつぶせで寝るわけにもいかないし、どうしたものか。

7月4日 晴れのちくもり

かなりトイレが近い。破水かと思ったわ。朝食、白米の胡麻おにぎり、こんにゃくのきんぴら、スイカ。昼食、ホットドック、ヨーグルト、ピクルス、さくらんぼ、ニンジンジュース。夕食、鯵の塩焼き、玄米、ワカメと玉ねぎの味噌汁、冷や奴、ニンジンのオイル焼き。

7月6日 晴れ？ くもり？ じめじめ

鰻食べたいな。けやきも空もきれいだ。

7月7日 くもり 29週！

妊婦検診と血液検査。異常なし。1387グラム。「大東園」のサンゲタンが来た！

7月8日 雨、不快！

NHKの吉武さんの言う通り、熱帯夜のはじまりだ。午前中なのに扇風機なしではキビシー。梅雨のせいか消化も弱っている。気持ち悪いまではいかないけど、気持ちよくない。コナはマイペースにもぞもぞしている。

7月9日 晴れ、くもり、蒸し

母が来た。シュークリームとともにおしゃべり、コナは動く。とても平和。このままうまく時が経つことを祈る。

日記用のツバメノートがあと少しでなく

なる。夫に言うと、会社の帰りに買ってきてくれるという。このノートを大切に思ってくれているのかな。うれしいな。夫が夕食後寝てしまった。片付けよう。愛しているよ。

7月10日 雨

夜中起きたら気温30度。アホか！ 寝られんわ！ 体を拭いて水と氷を枕元へ。自分だけならいいけど、コナに負担をかけないようにちゃんと寝たい。めんつゆとナスの泥亀煮を仕込む。雨と湿気がすごい。

7月11日 雨

昼にタクシーで赤坂の「柳川屋」へ。大満足。もう1組妊婦カップルがいた。お互い精をつけましょうね……。ついでに「ラッコルト」でジェラート、「ガシーヨ」で総菜も買った。夜はそうめん。昼の鰻もいいけど、夏の夜のそうめんもオツ。

夜中、横向きに寝ていたらやっぱり布団との接触面あたりでちろちろと動いている。なんだ。ココどうなっているんだ。でも横向きで寝るのはクセなんだよねー。

7月13日 晴れ

あづい。あづくて何度も起きた。おかゆにしたら朝まで暑い。こんなに暑いのにうとうとする。そしてやはり暑い。夫とクーラーを買いに出かけた。救世主となるか。午後からも途方もなく暑い。ラタトゥイユを作る。クーラー、週末取り付け。遅い。

7月14日 晴れ 30週！

沖縄の親戚から頂戴したマンゴー。夢の国の味。うめーーー！ 今日から30週。最終コーナーを曲がって直線に入ったってところか。夜はゴーヤチャンプルー。夏サイコーだな！

7月15日 晴れのちあめ

今朝は4時に起きてもおかしくないぞ。山笠があるけん博多たい。テレビにて鑑賞、おはぎとともに。

夫がつまらんことでイチャモンつけてきたので完全にイラッとする。しかし背に腹は変えられないのであくまでも低姿勢でマッサージを頼む。

7月16日 くもり、じめじめ

お昼食べ過ぎた〜。パン食べ過ぎた〜。ヨーグルトが入らない〜。バカだ〜〜〜。

祖父からハガキが来る。鰻を贈ってくれたのだそう。う〜。いろんな人に心配をかけている。お客さんからも心配のメール。

誰かのためにコナを産むわけじゃないけど、やはり大切な人たちをがっかりさせたくない。でも私が一番コナに会いたいんだ。

7月17日 晴れ、くもり、雨

寝たり起きたりでちゃんと起きたの16時！ 寝過ぎだよッ！ 夕食を作ろうと台所に立つと賀茂なすが腐っていた。ショック。

長い昼寝でイヤな夢を見る。夢の中のデジャヴ。でも起きてみると別にデジャヴでもなんでもなかった、というひどい夢だ。

コナは元気。強い人だ。

7月18日 晴れ

カニが来た。ああ、夫が私のチェリーパイを食べた。ショック。

クーラーが効く部屋の広さについて、買った後に夫がぐちぐちぐちぐち言っていたが、やっと届いた。その運び屋兄さんが「この部屋では効きすぎる」みたいないらんこと言って夫を惑わせまたウダウダしている。イラッ……。その後夫は畑から戻って来ないしカニはぬるくなるしナスは腐ってるしで悲しくなったが機嫌を直す。コナを守らんと。

7月19日 晴れのちくもり

冷やおしるこ、うまかったな……。クーラーは結局延期、夫がまだ調べている。まあ、よかったよかった。

7月20日 くもり

いいともにタモさんが休み明け。

そろそろベビーベッドを検討する。コナは無事に産まれてくるから買っても大丈夫なのだ。

7月21日 雨　31週！

検診。尿糖が＋＋＋でショック。こんなん初めて。明後日検査。コナは1680グラム。いろいろ調べるが不安が募るのみ。甘いものを避ける。コナはズンドコ動いているが何をしても落ち着かない。思い切って病院に電話して不安を吐露する。とにかく胎動頼みだ。不安不安不安。外のお弁当で済ませ、テレビを観て何とか時間をやり過ごす。夜、祖父から激励の電話。相変わらずテンションが高い。うれしさ半分、プレッシャー半分。

7月22日 くもりのち晴れ、日食

1時間おきにコナの動きを確認して寝る、を繰り返す。日食でコナに何かあったらどうしよう。無事日食を終えて、横になる。

7月23日 晴れ

朝食抜きで病院へ。9時10分から1時間おきに3回血糖検査。サイダーみたいなのを飲まされる。コナはばりばり動いている。本など読み何とか時間をやり過ごす。結局問題なし。よかったよう〜〜〜。

7月24日 大雨

涼しいがじめっとしとります。弟家族帰省。会いたいけど不安。私のキャラがキャラなんでバリッと元気なふりをしないといけないから辛いのだ。そんなに元気じゃないのだ。その日暮らしなのだ。おじいに鰻のお礼状を書いて、記録的豪雨を眺める。

7月25日 雨のちくもり

ひどい雨と雷。耳栓必須。

両親と弟夫婦が来た。同じような週数のニンプちゃんを見ると弱気になる。どうしてこんなワタシになっちまったの。情けないよ。
　コナは腹の形を変えるほどハゲしく動く。好き放題の暴れ放題。

7月26日 やっぱり大雨
　朝からサバそぼろ丼。昼にパンケーキの生地を仕込む。しかし、倍量で焼いたので食べ過ぎたー。夜はもらった鰻。きゅうりの酢の物と魚河岸揚げで吸い物と枝豆。寝るまでの時間をどうやってつぶそうかと悩む。

7月27日 くもり
　そろそろ高校野球の季節だ。別に特別に好きなわけじゃないけど、ぼーっと観るには害もなくまあおもしろいのでありがたいのだ。
　夫と夕食後やまももシャーベットを食べていたら嫌なこと言い出した！　いやだいやだ！　プンプンプン！

7月28日 くもりのち晴れ　32週　9カ月
　コナは夜中もバタバタしている。何やってんだろうね。今日からいよいよ9カ月だ。何気にさらっと過ぎるはず。じめじめしているのは自分だけ。コナは本当に本当に元気。
　朝食、玄米、モロヘイヤとオクラの胡麻和え、おきゅうと、ブルーベリー。昼食、パン、梅ケーキ、トマト、枝豆、ニンジン、ヨーグルト、アスパラ。夕食、五分づき米、パプリカの肉詰め、エリンギのソテー、糸こんにゃくのきんぴら、イチゴアイス、小魚せんべい。

7月29日 くもり
　胎動の延長なのか、お腹が張ったような感じになる。横になるとすぐにおさまる。かるべけいこさんのお菓子。とてもおいしい。

7月30日 くもり
　夫がメガネを忘れてすぐ帰ってきた。午前

中休むのだそう。何か有意義なことをしようと、コナの準備品を整理、買うものチェック。またベッド検討。哺乳瓶の煮沸とか勉強してみたり。うーん、有意義。

夫に料理指導。チャンプルー。楽しそう。

7月31日 くもり、なかなか晴れない

足が痛かったので、レッグウォーマーをして寝たら気持ちよかった。少し食べただけで腹がいっぱいになる。胃が圧迫されている。

8月1日 今日もくもり

いよいよ8月決戦。個人的カウントダウンをはじめる。あと11日。朝からあんこを堪能しつつコナと能古島に遊びに行くことを妄想。うしし。もう悲しみの旅はいやだ。

久々に揚げ物。めちゃくちゃ油飛ぶし、こわいし、脂っこいし、キッチン汚れるし！夫とデュエットソングを熱唱して寝る。

8月2日 くもり　Xデーまであと10日。

久々に月が出た。小夏がコナ太郎を見守っている。夫がYouTubeでいろんな曲を聴かせてくれた。コナも夜中までノリノリ。

8月3日 晴れくもり雨ちょい

Xデーまであと9日。夫は夜寝る前に必ずお腹を触る。コナに触ってる。小夏のことを考えているのだと思う。今度はそばにいたいと思っているんじゃないかなと思う。

8月4日 晴れのちくもり　33週

Xデーまであと8日。梅雨が明けた。いよいよだ。何かが。

タクシーで大学病院へ。先生に弱音を吐いたら、来週もモニターを見せてくれるって！

家に帰って昼食後ドラマを2本観てトイレに行ったらひえ〜〜〜。破水っ？ 悩んだがもう一度病院へ。城田先生が診てくれた。問題なし。とにかくみんな優しい。大竹先生も現れて、

「モニターいつでも来ていいよ」とか言ってくれる。「何回モニターやっても心配かもしれないけど、せんよりはいいよね」

泣きそうだ。3冊目のツバメノートも無事終了。かみしめる。

8月5日 久しぶりに晴れのちくもり

Xデーまであと1週間。4時起き。早いよ。そして目覚まし直前に熟睡。最近このパターン。結局起きるときは眠い。夕食を食べたら夫が帰ってきて私の食器を流しに持って行って洗ってくれる、これもおなじみ。

小夏の日記を見直してみるか。何か兆候があったら先生に言わんといかん。

8月6日 晴れというかくもりというか

Xデーまであと6日。どんどん迫ってきている。でもとにかく大丈夫。コナだもの。朝食、おかゆ、イチジク、デラウェア。昼食、パン、サラダ、玉ねぎ、パプリカ、キャベツ、トマト、牛乳、豆のソテー、ヨーグルト。夕食、豚のセロリ蒸し、玉ねぎ、玄米にもなか、かるべクッキー。

ああ、じっとしてるの辛いな。おいらがどうしようとコナは自分の力で産まれてくるのになあ。

8月7日 晴れ!

Xデーまであと5日。ようやくマジ夏。コナは心配すると動いてくれる。どんだけいいヤツなのだ。そしてダメなのは自分。

8月8日 晴れ! 空も真っ青!

あと4日! 今日はモニター。夫はりきって洗濯している。9時に大学病院に着いて、50分くらいモニター。心拍数を測る。コナが寝ているときは1分につき150~160回、起きたら190~200回、とても元気らしい。大竹先生の問診もあり。バイアスピリンについて、血栓は突然できるものではないから、大体36〜37週で止めるとのこと。

昼は大濠の「ルンゴ」。タクシーを捕まえるのにひと苦労。流しはタバコ臭い。

仰向けに寝ると子宮が動脈を圧迫するのだそう。きついと思ったよ。

8月9日 くもりのち晴れ

Xデーまであと3日。なんかイヤな夢を見る。ドーナツ食べたいな〜。だれか1個だけ揚げてくれないかな〜。

8月10日 晴れのちくもり

Xデーまであと2日。2時から3回起きる。胎動はあるが夢見が悪い。尻が痛い。もう上向きに寝られない。眠りから覚めたときが一番ドキドキする。動いている。

8月11日 くもり　34週！

Xデーまであと1日。いよいよ明日だ。何が？ってえっと、小夏の思い出の日だ。コナを守ってくれている小夏の日だ。別にXでも何でもないのだ。

寝ていて体の向きを変えるたびにトイレに行きたくなる。どうなってんだ。

病院へ。モニターをつける。コナがモニターのベルトのバックルを外す勢いで動く。ハハハ。笑かす〜。おかしいだろ、それはさすがに。9時半に終了。先生も
「元気なモニター」

と言ってお腹をさすってくれた。また3日後にモニターの予約。1週間後には抜糸の日を決めるらしい。

昼過ぎに義母から電話。何と、オレオレ詐欺の電話がかかってきたことが判明！何とか引っかからずに済んだらしい。オーマイガッ！興味深すぎて眠れない！！！

明日は小夏の命日だ。大事な日だ。恐れても仕方ない。夫と話をして寝る。

8月12日 くもりのち晴れのち雨。

開き直るしかない。コナは動いたり動かなかったり。でもおだやかな気持ちだ。朝ごはんはとうもろこしと桃とひじき。しーんとしている。夫とくっついて「赤すぐ」を読む。楽しい。未来の話をする。11時、小夏が亡くなった時間。

あの日の私へ。あれから2年後の私は、おだやかな気持ちでコナをお腹に抱えて昼寝をしたりごはんを食べたりしているよ。

8月13日 くもり晴れ雨

夜中に暑くて起きる。体を拭いて、お茶飲んで氷食べてまた寝る。コレが一番だ。イチジクとジャガイモのタルトを作る。ウマい。夕食はチャンプルー。私が材料を切って夫が炒める。夫は今日も休みで片付けまで全部やっている。マッサージ付きだ。

コナはもぞもぞしている。明日は生存新記録だ。当然狙います。

8月14日 くもり、夜大雨

やった〜！新記録達成しました！コナは永遠だ。１００年生きるのだ。わしもがんばる。夫もがんばると言っている。

体全体がこわっている。朝食後に夕食の準備まで終わらせる。昼は「ロイヤルホスト」へ行ってみる。町はお盆でどこも閉店。値段とカロリーの割に小さいセットを食べ、どさくさに紛れてミスドにも行った。嗚呼。

13時前に大学病院に着くと、早めにモニターに入れてもらえた。大竹先生は手術中だった。売店をひやかして帰る。帰宅後、大竹先生から電話。

「心配ないよ」

と言ってくれる。わざわざそれだけのために。本当にありがたい。

8月15日 雨→晴れ→くもり

どうやら暑いから起きるんじゃなくて、妊婦だから起きるのね。クーラーはオフ。やっぱ冷やし中華は汗かきながらですよ。夫はお友達のお墓参りへ。夜はおしゃべり。結局夫と話をするのが一番楽しい。

8月16日 くもり

なんかいやーな夢見て起きる。ナスの煮物を仕込んでおかゆの朝。夫が昨夜コナのベッドを注文した。楽しみにしよう。「サイラー」のレバーペーストサンドが最高です。

袋に入ってる玄米に虫がついていた! 1時間かけて虫を取り除く。尻と腰が痛くなった。出産前に炊いて冷凍してしまおう。

8月17日 晴れ

1時半頃、コナがなかなか動かず動揺する。夜中でもいつも動いてるのに。時間がすごく長く感じる。もうあと5分動かなかったら病院に行こう。もんもんもん。

やがて動き出した。コナ、本当にありがとう。小夏、ありがとう。トイレに行き、顔と体を洗い、お茶と氷を食べて2階でゴロゴロしていると地震。これで夫が起きた。話を聞いてもらった。マッサージもしてくれた。今日からまた仕事なのに。ありがたい。

少し大人しい朝だが、いつもの朝。愛すべきいつもの朝。

8月18日 晴れ　35週

涼しい朝。もう秋なのかな。油山はお盆を過ぎるともう夜は涼しくなる。

タクシーで大学病院へ。検診、診察(2277グラム)、モニター。抜糸は22日。「糸を抜いてもすぐには産まれんと思うよ」と先生談。大学病院ではエコーの時間がものすごく長い。血流とかいろんなことをチェックしている。本当に長い時間をかけて診て、最後におまけみたいにチャッと写真を撮ってホイ、って感じでくれる。一体何の写真なのか全然わからない。35週ともなると体が大きくて画面に全然入らないし。最初は「え〜〜〜っ? 産院ではもうちょっと顔とかベストショットを……」と思っていた。でも、こっちの方が正解なんだろうなと思う。特に私のような妊婦には。あ、あと心臓と反対側を下にして寝るといいらしい。

8月19日 晴れ

午前中のうちに夕食の下ごしらえ。カボチャの寒天ベイクドチーズケーキも作る。

不安はある。先生は普通の生活をしていいと言う。休み休み動く。コナは立っていても座っていても寝ていてもずっともぞもそしてくれる。大丈夫って思わせてくれる。

スコーンを焼いて食べる。もっちりしていてうまい。

8月21日 くもりのち晴れ

ウテメリン、昼で終了。夏の暑さも明日までらしい。季節は過ぎるし時間もちゃんと前に進んでいる。夏前の途方もない不安もちゃんと覚えている。恐いのは変わらないけれど、前に進むしかないのだ。母が太宰府まで行って安産祈願してくれた（なぜ太宰府……?）。私はがんばる。だってコナががんばっている。

8月22日 くもりのち晴れ

いよいよ抜糸の日。コーフンだ。コナに何かあったらどうしようという不安もあるが、それより、ただうれしい。コナが元気な状態で抜糸できるってことが。

タクシーで大学病院へ。緊張して夫をいじめてしまった。消毒前の器具がすでに痛いが、ガマンガマン。ものの5分で終わる。糸を見せてもらったが、普通の糸だ。出血もない。術後、モニターをつけて終了。なんと大竹先生に「普通の妊婦」という称号を授かる。散歩とかだってしていいらしい。うれしいけど、私の場合、無事に産んでからじゃないと「普通」とは言えない気がする。

「長崎阿蘭陀珈琲館」へ。

8月23日 晴れ

コナは夜中じゅう暴れ回っていた。朝起きると静か。空が青い。コナが動き出すのを待ってから夫とともに階下へ。今日は畑のブルーベリーを食べる。うまいなあ。

出血。茶色い乾いた感じ。抜糸をしたという実感はない。理屈からすれば抜糸したらどんどん頸管が開くはずなんだけど。

畑のイチジクをドライにする。さらにいろいろやりたくなるがガマン。この欲張りがいかん。でももう動いていいと言われたし、動いた方がいいかな。体のコリもひどいし。

8月24日 晴れ

朝、３日目の出血。さすがに病院へ。モニターはすぐにつけてもらったけど診察は12時過ぎ。まあ問題なし。

「38週なら誘発分娩してもいいけどね」と言われ、ぐらっと来る。こないだ弱音吐いたからかな。だって夢見が悪くてさぁ……。だけど大竹先生は静かで悠然としていて、何か受け止めてくれそうなんだよね……。

8月25日 36週、臨月だわいっ！

検診。誘発分娩については今のところ保留。コナはとても元気。２６７０グラム。

病院から美容院へバスで行って、ケーキ屋さんまで歩く。ゆるい坂道を15分は歩いたかな。カラッとした陽気で風もあっていい散歩になった。帰りはタクシーで帰る。

コナは夜まで少し大人しい。歩いたことと関係あるのかな。やはり心配する。

8月26日 晴れ

玄米を炊いて栗原はるみのサバそぼろ。

初めてコナが産まれた夢を見た。知らないうちに家で産まれてたっつー設定。慌ておっぱいを飲ませたら動いてホッとしたとゆー設定。変なの。でも悪い夢じゃない。

胎動は少し落ち着いている。強いときは強いけど頻度が少ない。先生には、そろそろ少なくなる、と言われたけど不安。

8月28日 くもりのち晴れ

体勢がきつくて起きる。眠りも浅い。

誘発分娩のことを考える。小夏の亡くなった原因がわからない以上、自然分娩にこだわるのはよくない。気がする。それともこれは甘えだろうか。

8月29日 くもりのち晴れ

バスで大学病院へ。モニター中、隣の人の会話が聞こえてくる。皆さん何か事情を抱えてこの病院を選んでおられる。

夫とともに先生と誘発分娩について話し合う。やるなら来週末入院、再来週の頭からバルーンと促進剤の投薬開始。……で、誘発が来週からとなると、もうこの1週間が耐えられなくなってくる。自分のあまりの弱さにガッカリだ。でも正直もう逃げたい。

8月30日 くもり

長芋をオーブンで焼いている間にチョコバナナブラウニーを仕込む。最近は結構お通じがいい。薬もあるけど、一定していい。お産までに調子を整えておきたい。来週からの入院に向け準備。赤ちゃんグッズ注文。

昼のたらこスパゲティが気持ち悪い。おやつにブラウニー。すごくうまい。

虫がついた玄米に幼虫。こりゃやばい。1粒1粒とってどんどん炊く。

8月31日 くもり

来週は大きな転換がある。コナと会える。

朝食に栗ごはん。今朝も玄米をせっせと炊いて小分けして冷凍する。冷凍庫が重たい。

きなこのケーキを作る。母に誘発分娩の報告。反応はイマイチだが、突然そんなこと言われたらそんなもんか。今日は腰が痛い。骨盤が鳴る。骨盤が緩みはじめているのかな。左足の付け根も痛い。

9月1日 晴れ！ 37週！ ぴか〜〜〜

バスで病院へ。モニター中、またコナの動きが激しくてお腹につけるヤツが外れる。

診察。かなりお腹が張っている。子宮口も開いてきている。誘発分娩可というお達し。7日入院してバルーンを入れる。それまでに破水もあるかも、とのこと。おかずを買ってタクシーで帰る。

息がしづらい。

9月2日 晴れ

朝食に五分付き米、卵、イチジク、オクラ、トマト。昼食に胡麻のパン、アスパラとタマネギのソテー、巨峰、ヨーグルト、イチジクのジャム。おやつにバナナムース、胡麻せんべい。夕食に玄米、豚と冬瓜と春雨の煮物、ナスの泥亀煮、納豆、プチトマト。夕食後のお腹の張りがひどい。ちょっと恐い。

9月3日 晴れ

体が痛い。今日は朝からお腹が張っている。昼寝もできないくらい。日記を付けていたらコナが動き出した。かわいい。

入院までのもろもろで頭いっぱい。コナとの新生活に思いを馳せてたらそれだけでも時間が経ってしまう。しかし手先はヒマ。あんまりヒマで夫が買ってた小さなガンプラ作ってもーた。まだ昼前なのに。

9月4日 晴れ

お通じなし。深追いはしない。恐いから。母と昼に「モリ」へ。フレンチしばらく食べ納めか。桃のスープおいしい。キンチョーしてきた。とにかく信じるしかない。信じるって大変。特に自分のことは。

9月5日 晴れのちくもり

朝。夫が1階で座ったまま寝ている！モニター。夫も付き添い。7日の打ち合わせ。帰って残りの玄米を炊くが、それ以降は捨てることに。悲しい。

夕食後はとにかくお笑い系のテレビで楽しく笑って過ごす。体が痛いし息苦しい。

今日はとうとう夫がチャイルドシートとベッドの箱を開けた。不安もあるが、それは夫も同じ。夫はそういう気持ちを追いやるためにやってるのかな。ってそういうわけでもなさそうだな。普通に楽しそうやんけ。

明日は2人で家で過ごす最後の日だ。

9月6日 くもりのち晴れ

ここへ来て便秘！！！ やばい。

今日で経理ファイル何年か分完成！ 地道にちょこちょこやったなあ。産休でもないとできなかったよ。昔、いつか赤ちゃんを産むときは産休中に何か専門学校に行こうとか妄想してたな。どんだけ欲張り。理想と現実はちがったなあ。

明日は入院。大体の用意は終了。冷蔵庫の整理もした。変なキンチョー感。一筋縄ではいかない感じのキンチョー感。とうとうここまで来たか。明日なのか、明後日なのか。

夫のおかげで部屋の中はコナを迎える準備が万端だ。ベッドも部屋の雰囲気に合っている気がする。コナに会える日が近づいている。コナの声を聞く日が。

最終章　生きている。

珍しく夫が目覚ましなしで起きてきた。私は、なんというか、妙にすっきりした気分。同時にとても緊張している。準備万端の入院用バッグに、昨夜思いついて追加でメモしたものを詰める。授乳枕、夫の着替え、本、ラジオ、わかめのふりかけ、私の枕、夫のスリッパ、私の追加の下着、耳栓、小さなナプキン。

朝食はパンにした。入院中は私好みのパンが食べられないので、食べ納めだ。固くて粉っ気のあるパンが好きだ。それに、きゅうりとピーマン、トマトとリーフ野菜を合わせたサラダに、イチジクのジャム、ヨーグルトにチーズ。静かな静かな朝だ。よく晴れている。弟夫婦の赤ん坊が無事産まれた連絡が入る。これでパワーをもらった。

夫よ、行こう。

タクシーで大学病院へ向かう。私が産まれる前年にできた病院だ。建物は清潔だが古くて天井が低く、暗い。しかしすっかり愛着がわいている。１階で入院の受付を済ませ、３階の病棟へ移り、病棟主治医の診察を受ける。夫とエコーを見、モニターをつけてもらった。

デイルームで遅めの昼食をとる。鮭の南蛮漬けにご飯、大根そぼろとお漬物だ。好物ばかり。色も地味でぼそぼそしているが安心できる。華やかな食事よりも確かな食事だ。これを食べているからと言って、確実にお産にこぎつけられるとはもはや思っていないけれど、それでも。よくかみ、よくかむ。

部屋に戻る。6人部屋だ。カーテンをしている人、していない人、さまざまに、家にいるように静かに過ごす妊婦さんたちの部屋だ。皆、大体入院が長い。多胎、早産、血液異常などが主な入院理由のようだ。

私が病棟に戻るのは子宮頸管を縛る手術をして以来5カ月ぶりだ。あれは5月の節句の頃で、昼食についていた男の子の節句の紙の人形を、小夏のお守りにくくりつけて今に至る。まずはお産を控えた状態でここに戻られたことに心から安堵する。けれど、まだ、安心できない。とりあえず今日に感謝だ。

身辺の整理をしてから、風呂に入る。風呂といってもシャワーのみだ。1人用だが広い風呂には、手すりやしっかりとした肘掛けがついた大きな椅子が置いてある。メガネを外すとほとんど何も見えない近視の私にも見えるような、大きな非常用ブザーもある。婦人科もある病棟なので、さまざまな症状の人が利用するのだろう。

風呂上がりに再度モニター後、バルーン挿入。とても気持ち悪い。これは何度やっても慣れない。そして、びっくりするくらいお腹が張っているのがわかる。

少しうとうとする。病院というのはとにかく快適な温度に設定されている。つくづく感心する。夏場の百貨店やバスの車内でちょっと寒いかなと思うことがよくあって上着は欠かせない。しかし、病院はそれがない。寒くない。暑くない。私が入院するのは暑くなってきたゴールデンウィークとか、酷暑の季節なので、特に実感する。一体どんなエアコンディションを使っているのだろう。このエアコンの肌感覚で、病院に戻ってきた、と実感するくらいだ。

起きるともう夕食の時間だ。食事前にもう一度モニターをつける。心音が少し下がっていて、それがバルーンのせいなのか、先生が診ている。そうではないらしい。

ということで夕食はまたも遅くなった。ちらし寿司、炊きあわせに吸い物。抗生剤も飲んだ。食後に本日3回目のモニター。特に変わりなし。子宮口も変わらず。今日は何も動きはないようだ。明日もこんな感じなんじゃないかな、なんて思う。

しかし、助産師さんはもうしっかりお産モードだ。そして今日最後の診察で、子宮口がややわややわになっていることを告げられる。やはり明日なのか。私はあまり実感のないまま、消灯後のベッドで山Pの月9をしっかり（こっそり）観て寝る。

コナは激しく動く。7時の起床までに5、6回は起きた。なかなか眠れない。

7時にモニターをつける。診察して7時45分に1粒目の陣痛促進剤を飲む。すぐにお腹が痛くなる。本当なら自然にお産が来るのを待つのがいいのだろう。でも私には待てなかった。その日が来るのなら、その前にコナを助けなければならない。それがいいことなのかどうかわからない。でも私には待てなかった。弱さだろうか。わからない。

大竹先生が現れて、にっこり笑って

「今日かもね」

と言った。8時45分に病棟とは別棟の陣痛室へ。ベッドがひとつだけの小さな部屋だ。この陣痛室がずらりと何部屋か並び、廊下を挟んで向かいに分娩室が何部屋か並んでいる。途中、妊婦さんとすれちがいニッコリと目礼される。

「私も今日なんです」

と言う。おだやかな表情の女性だ。

「そうですか。ドキドキしますね」

陣痛室のベッドで2粒目を飲む。少しの陣痛がある。看護師さん、とても感じのいい人だ。

9時30分に分娩室へ移り、分娩台へ。少しお腹が痛いかな、くらいの状態でここに上がるのか、と不思議な感じがする。本なんかでは、最高に痛い状態でひーひー言いながらやっと分娩台へ、なんて書いてあるんだけどな。3粒目を飲んで、点滴に変わる。点滴の中に促進剤が入っている。

お昼前には陣痛の波というのがだいぶんわかってきた。私の手元にモニターがついているので、痛みとモニターの波が連動していておもしろい。私の痛みなわけだから連動していて当たり前なんだけど。小夏を産んだときはモニターなんて気の利いたものはなかった。必要なかったから。今日は4人のお産が予定されていて、その中でも私が一番早いのではないかと目されて、ここに寝かされているらしい。

昼食は分娩台に運ばれる。ご飯、五目あんかけ、サバの焼いたのだ。そして食後眠くなる。すると眠気を妨げるように痛みも増してきた。死ぬほど痛いとかではないけれど、結構痛い。子宮口は6センチから進まない。

分娩室には小さな音で音楽が流れている。安室奈美恵の何とかセレブレートのオルゴール。看護師さんが1人、私につきっきりな上に、さまざまな人が役割を持って入れ替わり立ち替わり現れる。赤ん坊が生きていると、こんなに明るくて爽やかでフレッシュな雰囲気なんだな……。

陣痛の間に暴力的に飲み込まれる眠気の波に、あの病室が蘇る。あの分娩室が蘇る。誰もいない、暗くて静かな夜の海みたいなあの部屋へ。看護師さんも先生も、誰も来ない、私と夫と小夏だけの分娩室。恐怖はない。ああ、あの日のあの部屋だと思う。

痛みとともにハッと目が覚めて、またここに戻ってくる。明るくて爽やかでフレッシュだ。いい予感しかしない。戻ってきた私は、体をそっとこの世界になじませる。

お産は進まなかった。コナよ、まだ出てきたくないのか。私は急ぎすぎたのかい？とうとう夕食が運ばれて来た。ご飯とおでんとキウイだ。おでん？ 真夏に？ うまい。私はこの日のおでんをずっとずっとずっと忘れないだろう。19時に破膜することになった。破水、そこから激痛が始まる。

分娩台がびしょびしょになり、大きなボウルのようなものが足元に置かれ、そこに足があたって恐怖を感じる。大竹先生と病棟主治医の先生とあと1人誰か、3人が何度も内診する。「回旋異常」という言葉が聞こえる。内診がとても辛い。どうしても3人が3回せねばならないのか。誰か代表して1人にしてくれないか。内診のために体を少し動かすだけで頭から尻尾まで引き裂かれるような痛みが走る。

分娩台は水でびっしょりでつるつるすべって力の入れようがないし、ベッドの枠は思ったより軽くて頼りない。なぜか枕に腹が立ってしょうがない。

私の手を握る夫の手が憎い。私の痛みが伝わってない悔しさで夫の腕やら手の甲を意味なくつねる。どうにかこの痛みを知ってほしいと思って思い切りつねるけど、そ

もそも知る由もない。夫は私の襲撃を意に介さず、のんきに「もうちょっとだ」とか言っている。何を根拠にもうちょっと⁉　もうムリ！！！！！

21時16分、コナ太郎生まれる。大竹先生が

「臍帯早く切って！」

と叫んだ。ややあって、泣き声。そして大きな泣き声。生きている。

生きているんだ。

縫合はやはり長くてとても痛かった。スピーカーから小さく「ハッピーバースデー」が流れている。生きて生まれたからだ。だからこの曲が流れているのだ。寒い。お腹が空っぽになったからだろう。でも、私の赤ん坊はあたたかい。

朝いた陣痛室へ移動しベッドに横になり夫と話をしていたら、看護師さんが赤ん坊を連れてきた。赤ん坊は布に包まれて目を閉じている。横になっている私の頭のすぐ隣に赤ん坊をそっと寝かせた。３人で写真を撮ってくれた。私はカメラを見るより赤

ん坊を見ていた。じっとじっと、すぐ隣にいる赤ん坊を見ていた。

ゆっくりと動いている。私の赤ん坊が動いている。私の、私の子どもが、お腹から出てきて、目の前で動いている。ちろちろと。ゆらゆらと。

さっきまでいた圧倒的な痛みと叫びの世界から、音のないあたたかい世界へ。私の心の中にいる小人が、環境の大きな変化になじめずにキョロキョロしているみたいだ。

20時頃帰ったという両親に電話をする。父が出る。泣けてくる。

0時に病室へ戻る。母子同室ではなく、赤ん坊は新生児室に預けることになっている。物の本によるとフルマラソン完走に例えられることもあるお産を乗り越えて、今日はとりあえず部屋に戻って眠るのだ。車いすに乗せられた。夫が押してくれる。分娩室と陣痛室が並ぶ長い廊下を突き当たりまで来て曲がろうとした時、大竹先生が廊下の奥の方から私を呼び止めた。ひょいと片手を上げて、軽やかないい声で。

「川上さん！おめでとっ！」

私も手を上げて答えた。

「ありがとうございまーす！」

夫がそれに合わせてやわらかく会釈をした。角を曲がり、奇跡が起きた明るい廊下から消灯後の暗い病棟へ続く通路へ入った。夫の押す車いすはゆっくりとしてあたたかく、やさしい。

この日、無事、４人生まれた。

おわりに

最後まで読んでくださいましてありがとうございました。

私は、個人でグラフィックデザイナーとして活動しています。代理店を通して広告を制作したり、出版社に出入りして雑誌や書籍のデザインをしています。

また、書肆侃侃房でいくつかの本を執筆しています。

この本は私が無事出産して10年の時を経て、やっと形が見えるようになってきたものです。書くべきか書かざるべきか、10年悩みました。

なぜこの本を書いたのか。それは、「私のような状況の人が、今後子どもを持つことがあるのだろうか」、という問いに答えてくれる「よすが」のようなものが、あのとき私の手元にあれば、どれだけ気が紛れただろうか、という思いからです。

そうは言っても、人それぞれ十人十色、百人百通り、条件は異なります。私のような状況、なんてぼんやりした言葉でそれが「よすが」になるのか。なりません。私ができたからと言ってあなたにできるとは限らない。あなたができたからと言って私にできるとは限らない。そんな情報は何の足しにもならない。健康状態というのは本当に人それぞれ、不公平にできています。

実はこの後もうひとつの命を求めて5年間不妊外来に通い、途中二度の掻爬手術を受け、そして望みが叶わなかった経緯があります。だから冷酷な現実は知っているつもりです。

それでも、私と同じ体験をした人の話以外は何も聞きたくないという一番キツかったあのとき、「だいじょうぶ、私はそのあと産めたよ」というなぐさめを聞きたかった、ただそれだけを求めていた。小夏を亡くしたあのときの孤独を私は忘れられないのです。

私はメモや日記をつけることが多いですが、妊娠中などは特に動けなかったこともあり、暇に任せて事細かに記録を残していました。本書には、あのときの言葉をそのまま、載せています。わかりにくい箇所を補足しましたが、基本的には削ることはあっても新しく書いたことはありません。悲しみに暮れる日々の中にある率直なつぶやきや隠せない腹黒い（？）気持ち、全てそのままです。

そして、ユーモア！　子どもを亡くしているというのにふざけて、と不愉快になってしまわれた方もおられたかもしれません。

でも、私は本来冗談やふざけたことが大好きなのです。できるだけおもしろおかしく暮らしていきたい。真面目な会議がつまらなくて茶々を入れて笑いをとる。そういうタイプです。しかし、こんな楽観的な人間にも避けがたい悲劇が起きる。そしてこんな私でも、無事に産まれるその瞬間まで、「まただめになるのではないか」という後ろ向きな、あまり人様に見せたくないような気弱で情けない思いから逃れることはできませんでした。そのジメジメとした気持ちもそのまま活字にしています。

そこまで読まなくていい、という方のために、出産までのこまごまとした部分は文字を小さくしています。また、無事に産まれた後のはなやかな部分（産めない頃の私にとってはそれは文字通り「はなやか」でした）はほとんど割愛しています。かわいらしい赤ん坊を抱いて右往左往する新しい生活を思い描いていて、それが叶わなかった、そんなあなたが読んでくださっている、そのつもりで編集をしました。

死産から12年、結構な地獄から這い上がり、今は地獄ではないところでおだやかに暮らしています。それでもふとした時、細い細い棘のようなものが私の皮膚の深いところまで刺さっていると感じることがあります。それは「怒り」の棘です。死産の宣告を受けたあの瞬間、そして夜の分娩室で泣きながら叫んでいたあのときに感じた、「なぜ私がこんなひどい目に遭わなければならないのか」という怒りがどうしても消えない。食事のいい匂いがして、家族がいて友がいる日々の暮らしの中で、何か自分でもわからないほどの小さなきっかけに反応して、その棘がうずくのです。その棘の細さと長さに呆然とします。12年の時を経て、私はまだ激しく怒っているのだと。

私はいつでも帰ることができます。夫と私と、ドライアイスをまとった美しい赤子が眠る、世界の果てみたいなあの病室へ。今でも、私の一部はまだあの部屋にいて、娘の顔をのぞき込んでいるのです。

私は人に相談することが苦手です。夫以外の人にあてもなく頼ったり弱みを見せることができません。独りよがりなわけです。それでも、あのとき、誰か同じ体験をした人に寄りかかりたかった。

あなた、大丈夫ですか？

三食ご飯を食べていますか？

身の回りを清潔にしていますか？

夜眠っていますか？

「ここを通り過ぎないと先に進めないいんじゃない？」と執筆を後押ししてくださっ

た書肆侃侃房代表の田島安江さん、10年辛抱強く待ってくれた同編集の池田雪さんにお礼申し上げます。当時福岡大学病院外来入院主治医で現在は園田桃代ＡＲＴクリニック（大阪府豊中市）に勤務されている小柳（旧姓大竹）良子先生、当時福岡大学准教授で現相良病院（鹿児島市）婦人科部長、かねまるウィメンズクリニック（福岡市）理事長の城田京子先生にお礼申し上げます。

最後に、読んでくださってありがとうございました。

ほんとうにありがとうございました。

２０２０年１月　川上夏子

15）悪露《おろ》

産後のおりもの。出産当日から産後1週目くらいは鮮やかな赤い色で、量も多め。しだいに茶色になり、量も少なくなり、3週目には茶色から黄色になる。4週目にはなくなるか、茶色や黄色のおりものが出る。

16）不育症

妊娠はするが、流産や死産を繰り返すこと。化学流産（胎嚢が確認される前の流産）は含まないとされている。

17）臍帯過捻転《さいたいかねんてん》

胎児につながるへその緒がねじれること。死産につながることもある。

18）リン脂質

抗リン脂質抗体を持つ人にみられる自己免疫性疾患の一種が抗リン脂質抗体症候群で、不育症のリスクが高まる。しかし、抗リン脂質抗体症候群は不育症の中でも唯一治療が可能とされるため、検査をしておくといい。

19）ブックオカ

2006年にはじまった福岡の本のお祭り。書店や本の制作に関わる人たち、他いろんな本好きが、「福岡を本の街に」をテーマにさまざまなイベントをしかける。10月から11月にかけて開催。
http://bookuoka.com

20）大上夫妻

2006年8月25日、福岡市東区の海の中道大橋の飲酒運転事故で、3人の子どもを亡くした大上夫妻。その後、苦難を乗り越え新しいお子さんを持たれている。

21）蜂アレルギーの検査

蜂アレルギーを検査するには血液検査や皮膚検査がある。また、蜂に刺されると起こるアナフィラキシーショックでは死亡する例もある。減感作療法や自己注射薬で対処する方法がある。

22）出産育児一時金

妊娠4カ月以上の人が出産したときは、一児につき42万円（産科医療補償制度の対象外となる出産の場合は404,000円）の出産育児一時金が支給される（2019年現在）。

23）周産期医療

周産期は妊娠22週から出生後7日未満で、妊娠、分娩に関わる母体・胎児管理と出生後の新生児管理を主に対象とする医療のこと。

24）抗リン脂質抗体症候群（APS）

18）参照。

25）高温相

生理周期からみて体温の高い時期のこと。一般的に排卵後から生理前までの2週間ほどがこれにあたる。基礎体温を測るとわかる。妊娠が成立すると、14週くらいまでは高温相が続き徐々に平熱に戻る。

26）排卵日チェッカー

排卵日を検査するキット。5本セットなどで売られている。生理後2～3日後（個人差がある）から毎日1回尿で検査する。判定窓に出たラインの濃さで排卵日を予想し妊娠しやすい日を測定する。

27）デュファストン

黄体ホルモンとして働く薬。ホルモンのバランスを整える働きがある。生理不順や無月経、黄体ホルモンの不足による不妊症、さらには流産の防止薬としても使われる。筆者は飲み薬で服用した。

28）シーラおばさん

『シーラおばさんの妊娠と出産の本』（シーラ・キッツィンガー著／農山漁村文化協会）は私が一番愛読していた妊娠本。リアルで実用的。おすすめです。

29）胎のう

赤ちゃんを包む袋。子宮内膜に受精卵が着床すると作られる。胎のうは妊娠4週くらいから確認される。

30）エコノミークラス症候群防止

血管中で血液が固まってしまう血栓症のこと。弾性ストッキングを履いて予防する。

用語解説

1)初期出血

妊娠の初期、いろんな理由から出血するが、そのまま流産につながることもあれば、妊娠継続することもある。ただ、対処できることはほぼないので、一応病院に電話しつつ、安静にしておくしかない。

2)繋留《けいりゅう》流産

妊娠初期、特に症状のないまま、超音波検査で発育が止まっていることが診断される流産。そのまま出血や腹痛が起き、完全流産となる。自然流産、または子宮の中をきれいにする手術(掻爬)が必要となることもある。

3)妊娠を継続させる投薬

週2回の黄体ホルモンの注射(お尻)と毎食後のデュファストンという飲み薬で、いずれも妊娠を安定させるホルモンの薬。12週くらいまで使われている。これに加えて週1回の診察をしてもらった。

4)子宮頚管無力症

子宮頚管(膣につながる子宮の一部)が、胎児の成長とともに開いて流産につながる症状。2.5cmを超えると危ないとされ、子宮頚管を糸でしばる手術(シロッカー)を行って防ぐ。

5)経腹超音波検査

お腹にゼリーを塗る検査。人間には聞こえない高い周波数の音(超音波)を身体にあて、反射したものを投影する。胎位(逆子とか)、性別、心拍、推定体重の計測をしたり、胎盤の位置や羊水を検査する。

6)経膣超音波検査

内診台に乗って、膣に棒状の超音波プローブを入れて検査する。子宮の内膜の厚さを測ったりすることができる。膣から遠くなると検査が難しいが、子宮頚管の長さを診るにはこの検査が必要。

7)部分麻酔の胎児への影響

部分麻酔では、背中の神経の近くに薬を投与するため、母親の全身をめぐる麻酔の薬の量はわずか。赤ちゃんへの影響はほとんどないと言われている。

8)正期産

妊娠37週0日から41週6日までの出産のこと。ちなみに臨月とは、妊娠36週〜妊娠39週6日のこと。

9)ノンストレステスト(NST、モニター)

陣痛のない状態で赤ちゃんが元気がどうかを診る検査。ベットに寝て、お腹にベルトを巻き、心拍と、子宮の収縮状態を診る。赤ちゃんは20分おきぐらいに寝たり起きたりするので検査は30分以上かかる。

10)臍帯《さいたい》の音

赤ちゃんに栄養や酸素を運ぶへその緒を流れる血流音のこと。「シュンシュンシュン」という音。妊娠12週辺りから聞こえる。ちなみに心音は「どくどくどく」という音で、ともにエンジェルサウンズとか言うらしい。

11)ドップラー

超音波検査のこと。

12)赤ん坊のエコー画像

エコー検査とは超音波検査のこと。産科で赤ちゃんの超音波検査をする際に見られる画像や映像。ほとんどの産院でプリントしたり、データにして検診のお土産としてくれる。

13)バルーン

分娩を誘発させるために使う医療器具。小さなゴムボールのようなもの。膣から入れ、ふくらませて人工的に子宮口を広げる。

14)ソフロロジー

リラックス音楽を聴き、呼吸法を練習し「出産は赤ちゃんとの最初の共同作業」「陣痛は赤ちゃんが発する大事なエネルギー」という前向きな思考と母性を育む分娩教育。1987年熊本で初めて日本に紹介された。

〈プロフィール〉

川上夏子

グラフィックデザイナー。1974年生まれ。福岡県出身。著書に『ぼくらのいえができるまで　できてから』『福岡のまいにちごはん』『福岡のパンとお菓子の小さなお店』（共に書肆侃侃房）などがある。

ブックデザイン・写真・イラスト	川上夏子
編集	池田雪（書肆侃侃房）

小《こ》夏《なつ》を探す旅

2020年2月16日　第1版第1刷発行

著　者　川上夏子

発行者　田島安江

発行所　株式会社書肆侃侃房（しょしかんかんぼう）

〒810-0041 福岡市中央区大名2-8-18-501
TEL 092-735-2802　FAX 092-735-2792
http://www.kankanbou.com
info@kankanbou.com

印刷・製本　シナノ書籍印刷株式会社

ISBN978-4-86385-391-1 C0095